Als Oma noch Kind war

Christa Bohlmann

Als Oma noch Kind war

Bibliografische Information der Deutschen Bibliothek:
Die Deutsche Bibliothek verzeichnet diese Publikation in
der Deutschen Nationalbibliografie; detaillierte Daten
sind über
<http://dnb.ddb.de> abrufbar.
2017 Christa Bohlmann
Titelfoto und Bearbeitung der Fotos: Alfred Rozenvalds
Herstellung und Verlag: BoD - Books on Demand
Norderstedt
ISBN 978-3-7460-0152-4
www.bod.de

Inhalt

Vorwort

„Hol mal eben den Tubben runter!" Diese Worte meiner Mutter kamen mir neulich wieder in den Sinn, ich hatte sie als Kind häufig gehört. Was für ein seltsames Wort: Tubben? War das ein Spezialausdruck in unserem Haus gewesen oder war dieses Wort gebräuchlich? Früher jedenfalls, denn heute braucht man kaum noch einen Tubben.

Tubben? Oder auch Tuppen?

Wie gut, dass man doch googeln kann. Tubben ist das plattdeutsche Wort für einen Bottich oder einen Zuber, als Herkunft dieses Wortes wird Hoya genannt. Ich suchte weiter und fand die Übersetzung für das englische Wort „tub": Wanne.

Da haben wir's! Wenn Mutti also sagte: „Hol mal eben den Tubben runter", dann meinte sie eine der drei Zinkwannen, die auf dem Hausboden standen. Die Tubben wurden für viele Gelegenheiten benötigt, die unterschiedlicher kaum sein konnten.

Als diese Worte zum ersten Mal an mich gerichtet wurden, fühlte ich mich richtig stark. Doch ich wunderte mich, denn sogar der kleinste Tubben hatte ein ordentliches Gewicht. Ich hielt ihn an einem Griff fest und versuchte, die ovale Zinkwanne nach unten zu jonglieren, doch sie bekam seitliches Übergewicht und nahm klack-klack-klack zu jeder der frisch gestrichenen gedrechselten Holzstäbe des Treppen-geländers Kontakt auf, wobei von jedem dieser Stäbe etwas der weißen Lackfarbe absplitterte.

Diese Tubben brachten mich gedanklich zurück in meine Kinderwelt, in der doch alles noch so ganz anders war. Wie ist die Zeit vergangen! Mir ist es, als wäre es erst gestern gewesen.

Ich lade ein, in die eigene Vergangenheit einzutauchen und sich an die gute alte Zeit der 50-er und 60-er Jahren zu erinnern. Machen wir uns dennoch das Hier und Jetzt bewusst und genießen Fortschritt und Weiterentwicklung der dazwischen liegenden Jahre.

Ein Wort noch zum Tubben: Als wir nach dem Tod meiner Eltern einige Jahre wieder in meinem Elternhaus wohnten, hatte ich die Idee, ihn mit Sommerblumen zu bepflanzen und kaufte ein paar Sack Blumenerde. Schnell sah ich, dass diese Menge nicht ausreichend war und packte erst eine dicke Lage Strauchwerk und anderes Füllmaterial in die Wanne. Dann pflanzte ich rote stehende und hängende Geranien in die frische Erde. Nie wieder habe ich eine solche Blütenpracht und so kräftige Pflanzen gesehen. Hat bestimmt an unserem Tubben gelegen.

Wo er jetzt wohl sein mag?

Ein herzliches Dankeschön an meine Helfer:

Alfred für die aufgenommenen Fotos und die Bearbeitung der alten Bilder
Biene für das finale Korrekturlesen
Eckhard für die Lösung technischer Probleme
Heinz für seine Geduld und sein Urteil
Marlene für die Bereitstellung des Tubbens und weiterer Zeitzeugen aus den 50-er und 60-er Jahren
Petra für ein schönes „Tubben-Motiv" aus der Jetzt-Zeit
Rosi für das Lektorat. Hat richtig Spaß gemacht, weil wir die Erinnerungen teilen konnten.

Hol mal eben

„Hol mal eben eine Zwiebel und etwas Petersilie aus dem Garten" oder „Hol mal eben ein Glas Bohnen aus dem Keller, aber sei vorsichtig!"

Diese oder ähnliche Sätze hörte ich häufig von meiner Mutter, aber das ist schon lange her. Ich erhielt oft derartige Aufträge und nahm meiner vielbeschäftigten Mutter so manchen Weg ab. Natürlich wurde auch meine knapp drei Jahre ältere Schwester Rosi damit beauftragt. Sie hatte mir dadurch viel voraus, denn sie durfte unsere Mutter eben schon knapp drei Jahre länger unterstützen. Es war an der Zeit, dass auch ich häufiger ins Geschehen eingreifen durfte. Manchmal fiel sogar ein Lob oder ein Wort der Anerkennung für uns dabei ab.

„Hol mal eben die Kassette", wie glücklich war ich, als diese Worte zum ersten Mal an mich gerichtet waren. Es war fast wie ein Ritterschlag für mich. Wenn das kein Vertrauensbeweis war! Ich erinnere mich noch genau an die dunkelgrüne Geldkassette, die viele wichtige Dinge, aber auch

Bargeldvorräte enthielt. Sie spielte auch eine große Rolle, wenn nachts ein starkes Gewitter wütete und wir alle angezogen mit der besagten Kassette auf der Treppe sitzend warteten, bis „die Luft wieder rein war". Oma hielt in solchen Situationen ihr Gesangbuch fest in den Händen.

„Das Gewitter kommt bestimmt noch mal zurück, es kann nicht über die Weser!" An diesen Satz erinnere ich mich noch häufig, denn ich fragte mich damals immer, ob das Gewitter wohl in Nienburg oder Hoya über die Brücke wollte. Im Grunde war es mir auch egal, Hauptsache, es hörte bald auf, so grässlich zu blitzen und zu donnern. Oft zog es meine Eltern, meistens meinen Vater, nach solch einer ungewollten Störung der Nachtruhe aufs stille Örtchen, das am Ende des Stalles zu finden war. Keiner kann ermessen, wie sehr ich Papas Rückkehr herbeisehnte. So richtig beschützt fühlte ich mich erst wieder, wenn wir alle auf der Treppe saßen, bereit, das Haus fluchtartig verlassen zu können, sollte ein Blitz es treffen. Zum Glück mussten wir das nie erleben.

Mit dem Zug unterwegs

Noch einmal zurück zur dunkelgrünen Kassette, als mein Auftrag lautete: „ Hol mal eben die Kassette." Die hatte ihren Platz, so lange ich denken konnte, im Kleiderschrank hinter der rechten Tür auf dem Schrankboden.

Aber was war das? Ich war baff, denn auf der Kassette stand ein Paar Puppenschuhe, ebenfalls grün, allerdings eher gelbgrün. Wie um alles in der Welt kamen die dahin? Aufgeregt brachte ich meinen Fund zu Mutti, die aus heutiger Sicht recht cool reagierte. Es war kurz vor Weihnachten und diese Puppenschuhe waren als Weihnachtsgeschenk vorgesehen. Mutti hatte versäumt, die Schühchen besser zu verstecken. Ich bekam sie sofort, was für ein Glück! An die Erklärung für ein so schönes unerwartetes Geschenk kann ich mich heute nicht mehr erinnern.

„Hol mal eben die Kassette", hieß es sicher auch, wenn wir mit dem Zug nach Bremen fahren wollten. Es gab verschiedene Anlässe, in die Großstadt zu reisen: es konnte ein

Arztbesuch sein und in dem Fall waren meine Mutter und ich allein unterwegs. Um Verwandte zu besuchen, fuhren wir mit der ganzen Familie nach Syke, Hemelingen oder nach Bremen. Seltsamerweise hat es uns nie in die andere Richtung – nach Diepholz oder Osnabrück – gezogen. Die schönsten Erinnerungen gelten aber den Fahrten mit dem Ziel „Bremer Freimarkt". Am steinernen Elefanten war Treffpunkt mit meinem Vater, der von der Arbeit kam. Mutti, Rosi und ich warteten geduldig, bis Papa der richtigen Straßenbahn entstieg und bald durften wir Karussell fahren und schleckern, bis sich fast der Magen umdrehte – aber das nahmen wir gerne in Kauf. Welch eine Freude, das Marktgeschehen von oben aus dem Riesenrad zu sehen!

Die Zugfahrten selbst waren schon ein besonderes Erlebnis. An der Zugspitze war das schwarze Ungetüm, vor dem ich mächtig Respekt hatte: die dampfende und polternde Lokomotive. Damals gab es noch drei unterschiedliche Klassen. Wir fuhren in der 3. – in der Holzklasse. Wie der Name es schon sagte, waren die Sitzbänke aus Holz, vorgeformt für Körper Erwachsener. Für uns Kinder war das weniger bequem, denn wir konnten uns nicht anlehnen.

Mit dem Zug unterwegs ca 1940

Ich erinnere mich noch an die oberhalb angebrachten, geflochtenen Koffernetze, die manchmal schon ziemlich ausgefranst herunterhingen. Um die Fenster öffnen zu können, musste man an einem breiten stabilen Ledergurt ziehen, so ließen sich die Scheiben ein Stück oder auch ganz heben oder senken. Kleine weiße emaillierte Schilder auf der Fensterkante warnten in verschiedenen Sprachen vor dem Hinauslehnen aus dem Zugfenster. „Ne pas se pencher au dehors" – das war französisch und ich war stolz, die Bedeutung dieser fremd klingenden Worte zu kennen.

Lange hatte ich die Vorstellung, dass es in ganz Bremen so aussah wie in der Obernstraße. Ich vermutete, jedes Haus wäre so groß wie all die, welche ich von der Straßenbahn aus, die auch die „Elektrische" genannt wurde, bestaunen konnte. Ich wurde eines besseren belehrt, als wir die Familie eines Kollegen meines Vaters besuchten. Der wohnte eher am Stadtrand, hatte ein Alt-Bremer Haus mit einem großen Garten dahinter. Im Schatten der alten Apfelbäume gab es sogar einen Kaninchenstall – so etwas Idyllisches hatte ich in der Großstadt nie vermutet.

Auch das Fahren mit der Straßenbahn hatte einen besonderen Reiz. Die quietschte ganz schön laut, wenn sie um die Kurve fuhr. Der Schaffner kassierte von jedem Fahrgast, dabei entnahm er das Wechselgeld einem vor seinem Bauch hängenden Zaubergerät, das auf Daumendruck einzelne Münzen ausspuckte.

Sogar in der Straßenbahn gab es Raucher- und Nichtraucherabteile. Obwohl selbst leidenschaftlicher Zigarrenraucher, verzichtete unser Vater auf das Fahren in der allzu blauen Luft. Es war für uns Kinder eine Selbstverständlichkeit, unseren Platz für ältere Fahrgäste zu räumen, wenn für sie keine Sitzmöglichkeiten zur Verfügung standen.

Interessant war ja schon das ganze Geschehen vor Antritt einer Zugfahrt. Meist waren wir recht früh am Bahnhof, denn wir mussten die Fahrkarten lösen. Der hinter einer Glasscheibe sitzende Mann in dunkelblauer Uniform verkaufte uns kleine braune Pappkarten und legte sie samt Wechselgeld in ein Behältnis auf seiner Seite, Mutti hatte dagegen das Fahrgeld in die ihr zugewandten Mulde jenseits der Scheibe gelegt. Der Beamte betätigte eine Kurbel und schon konnte jedem das Seinige zugeordnet werden. Wir bekamen die Fahrkarten und der Dunkelblaue erhielt sein Geld.

Danach warteten wir geduldig vor der Sperre, bis ein weiterer wichtig aussehender Uniformierter die eiserne Kette öffnete, denn nur Menschen, die eine gültige Fahr- oder Bahnsteigkarte vorweisen konnten, durften die Sperre passieren, nach dem der Beamte jede Karte abgeknipst hatte. Kurzum, er hatte mittels einer Zange die Pappkarten mit einem Loch versehen.

Meistens hatten meine Eltern Reiseproviant mitgenommen, an das ich bereits in Bramstedt erinnerte. So eine Scheibe Brot, eingewickelt in Pergamentpapier, schmeckte mir im Zug besonders gut.

Noch leckerer schmeckte das Brot aus Vatis Brotdose, das er manchmal von der Arbeit wieder mit zurückbrachte. Häufig holten wir ihn vom Bahnhof ab, warteten geduldig vor den rot-weißen Schranken, bis der Schrankenwärter uns das Wiedersehen mit

Vati ermöglichte. Oft warteten wir vergeblich, denn Überstunden waren an der Tagesordnung. Ich erinnere mich an das Glücksgefühl, wenn Vati wirklich pünktlich mit dem Zug kam und, wenn er uns erblickte, in die lederne Arbeitstasche griff, um uns das „Hasenbrot" zu geben. Manchmal war abends mehr Kochkäse im Pergamentpapier als auf dem Brot. Wenn Muttis berühmte Topfsülze die Strecke Bassum-Bremen zweimal angetreten hatte und schon richtig weich war, schmeckte sie uns besonders gut.

Schule

Gleich der erste Schultag verlief nicht so, wie ich ihn mir erträumt hatte.

Kurz vor der Einschulung hatte ich ziemliche Gesundheitsprobleme, aber jetzt, wo ein neuer Lebensabschnitt für mich beginnen sollte, wollte ich das Thema Krankheit ad acta legen.

Auf dem Weg zur Schule trug ich ein blaues Mäntelchen mit großen weißen Knöpfen und einem weißen Kragen und darin fand ich mich richtig schick, obwohl ich gleichzeitig die ungeliebten braunen Wollstrümpfe in Kauf nehmen musste. Auf dem Rücken trug ich den neuen braunen Schulranzen, in dem eine Schiefertafel, ein Griffelkasten und die neue Fibel ihren Platz fanden. An einem Bändchen befestigt hingen ein Schwämmchen und ein „Tafellappen" zum Reinigen der Tafel. Den Tafellappen hatte Mutti im Waffelmuster aus weicher zartrosa Baumwolle gestrickt. Beide Utensilien, Schwamm und Lappen, hingen seitlich aus dem Ranzen heraus und schwangen mit auf Schritt und Tritt, was sehr lustig aussah.

Die Schule, das waren vier Gebäude auf einem Grundstück: Das große Haupthaus und das kleinere hohe Schulhaus, auch Taubenschlag genannt. Beide Gebäude waren aus rotem Backstein gebaut. Weiter gab es noch einen Flachbau, Baracke genannt, in der zwei Schulklassen unterrichtet werden konnten. Bei dem vierten Haus handelte es sich um die sogenannte „Waschküche". Im hinteren Teil dieses Hauses befanden sich die Toiletten. Wo mochte wohl mein Klassenraum sein?

So ein Mist, ausgerechnet kam unsere Klasse in die Waschküche. Ich fühlte mich gedemütigt und degradiert, denn zu gern hätte ich meinen Klassenraum im großen Gebäude gesehen.

Der Tag begann mit einem Gottesdienst in der Kirche und danach wurden auf dem Schulhof die Klassen der ABC-Schützen aufgeteilt. Als mein Name aufgerufen wurde, schloss ich mich notgedrungen an und verschwand mit den anderen Kindern im Vorraum zum Klassenzimmer. Wie auch sie hatte ich meinen Ranzen auf den Boden gestellt. Als unser Lehrer erschien und uns ins neue Klassenzimmer führte, traute ich meinen Augen nicht. Ein kleiner Junge namens Franz, putzte kräftig die dreckigen Fußbodenbohlen mit meinem zartrosa Tafellappen aus weicher Baumwolle, der jetzt eher schwärzlich aussah.

Dann wurde die Tür geschlossen und somit verschwand Mutti aus meinem Blickfeld. „Mamaaaa!", schrie ich, aber nur in Gedanken, denn ich wollte ja keine Memme sein. Ich überstand die nächsten Stunden und hatte bald schon die ersten beiden Wörter gelernt: Hans und Lotte, die Protagonisten aus der Fibel, die uns ein Jahr lang begleiten sollten.

Irgendwie konnte ich das Ende der ersten Unterrichtsstunden kaum erwarten, denn danach wartete sicher auch auf mich eine schöne prall gefüllte Schultüte. Und so war es auch, denn schön bunt war sie. Aber dann folgte die Enttäuschung, weil darin drei dicke Bananen lagen, die viel zu viel Raum beanspruchten. Bananen, die unzähligen Bonbons und Schokoladenleckereien den Platz streitig machten.

Ach, es war schon ein heftiger Tag!

Fortan ging es also nun täglich zur Schule, der Schulweg war knapp zwei Kilometer lang. Wir starteten immer rechtzeitig, weil wir den beschrankten Bahnübergang einkalkulieren mussten, denn da konnten wir allerhand Wartezeit verbringen. Wenn es gut lief, waren die Schranken geöffnet oder es passierte nur ein Zug. Manchmal kam noch ein weiterer aus der Gegenrichtung oder einer der wartenden Züge hatte „Überholung". Rangiermanöver von Güterwagen waren die schlimmsten Zeitrauber.

Die Wartezeit vor den Schranken wurde meiner Schwester einmal zum Verhängnis. Im Dorf wohnte ein Mädchen, ein paar Jahre älter als Rosi. Diesem Mädchen war es nicht möglich, das Wort Zwetsche richtig auszusprechen – sie sagte immer Schwetsche. Bekanntlich können Kinder manchmal grausam sein und so liefen wir oft hinterher, um sie mit den Worten „Schwetsche, Schwetsche" zu veräppeln. Einmal hatte sie sich gerächt, denn sie lauerte in einem Versteck, bis Rosi unbeschwert von der Schule kam. Vor der geschlossenen Schranke schlug sie los, denn Backpfeifen konnte die

Schwetsche gut verteilen. In Zukunft hielten wir uns zurück und benutzten das böse Wort nur hinter geschützten Mauern.

Wenn ich den Bahnübergang geschafft hatte, wartete oft schon meine Freundin Uschi auf mich. Gemeinsam machten wir uns auf den Schulweg, vorbei an etlichen Anbietern von Bonbon und Co.

Nach der vierten Klasse wechselte ich in die Mittelschule. Auch hier wurden wir zunächst in einem alten Behelfsraum unterrichtet, aber im Jahr 1958 kam der große Augenblick und wir durften ins neu errichtete Schulhaus umziehen. Unvergessen blieben die hellen Räume, die großzügigen Gänge und die gesamte moderne Einrichtung. Ich denke noch oft an den Tag, an dem wir eine Rotbuche einpflanzten, deren Stamm im Laufe der Jahre stattliche Ausmaße erreicht hat.

Es gäbe noch viele Erinnerungen an meine Schulzeit, doch das wäre schon bald Stoff für ein anderes Buch.

So wie mir der erste Schultag in Erinnerung geblieben ist, verhält es sich mit den letzten Schultagen. Ich war in den zehn Jahren meiner Schulzeit eine Schülerin mit einem Notendurchschnitt von 2 – 3 gewesen, verhielt mich meistens eher zurückhaltend. Die Abschlussarbeiten bereiteten mir keinerlei Probleme. Aber zum Schluss musste ich doch wohl einmal „die Sau rauslassen", und das war ungewollt. Ehrlich!

Rosi war mir schon immer ein Vorbild gewesen, was sie machte, war in meinen Augen richtig, gut und fortschrittlich. Als ich 16 war, war sie immerhin schon 19 und verdiente ihr eigenes Lehrlingsgehalt. Manchmal leistete sie sich ein paar Extras beim Friseur. Beide hatten wir eine Haarfarbe, die auch als „straßenköterfarbig" bezeichnet wird. Eben kein blond, kein braun, sondern irgendein Zwischending.

Rosi hatte ihren Farbton mithilfe eines Farbfestigers dezent verändern lassen und sie hatte sich die Unterschiede zwischen Farbfestiger, Tönung und Färbung erklären lassen. Toll sah sie mit dem leichten Rotstich im Haar aus. „Flüsterton" hieß das eine Mittel, das andere „Akkord". Zu meiner Abschlussfeier wollte ich mich beim Friseur stylen lassen und bat ebenfalls um etwas

Farbveränderung, orderte unglücklicherweise leider das falsche Mittel.

Ich wunderte mich zwar über die lange Einwirkzeit, wartete aber geduldig ab. Wie geschockt war ich über das ziemlich farbfeste Ergebnis. Das war kein Farbfestiger, der sich heraus waschen ließ – das war echt. Ich meine, mich an den Farbton cyclam zu erinnern. Upps, das hatte ich nicht gewollt! Natürlich waren meine Eltern überhaupt nicht erfreut, mich als Rotschopf zu sehen. Aber es nützte nichts, die Farbe musste herauswachsen.

Alkohol hatte ich bis dahin kaum getrunken. Mal durfte ich an einem Likörchen nippen und ich wusste auch, wie unser eigener Wein schmeckte.

Nachdem wir unsere Abschlusszeugnisse bekommen hatten, wollten ein paar Mitschüler in einer Kneipe Abschied feiern. Ich ging mit und das war wohl auch nicht so gut. Es wurde Bier getrunken, zur Erinnerung – wir waren alle 16 Jahre alt.

Nie zuvor hatte ich Bier getrunken, aber es schmeckte mir richtig gut. Bald ließen die Jungs Stiefel kreisen. Ein Stiefel nach dem anderen wurde reihum gereicht und jeder versuchte, sich nicht selbst zu bekleckern, weil das Bier einem plötzlich ins Gesicht schießen konnte. Einer nach dem anderen fing bald an zu schwächeln, doch ich hielt recht lange durch. Erst als ich an die frische Luft kam, spürte ich die Wirkung des Alkohols. Ich meine mich zu erinnern, dass mich ein paar Klassenkameraden nach Haus begleiteten.

Niemals wieder habe ich Bier aus einem Stiefel getrunken, egal, ob mit rotem oder mit normalem Haar.

Bonbons & Co.

6,15 DM kostete Vatis Wochenkarte und die holten wir ihm gerne jeden Sonntag vom Bahnhof, denn dann fielen immer ein paar Pfennige ab, die ich gleich in Schnökereien umsetzte. Ach was gab es doch für tolle Süßigkeiten, sogar am Sonntag. Fünf Stork Sahne-Bonbons in einer Stange in mehreren Geschmacksrichtungen: Karamell, Sahne, Schoko und Nuss. Lecker! Oder ich entschied mich für Brausepulver oder eine Stange Pfefferminz von Vivil oder Pez. Etwas größer waren die leicht glasigen Pfefferminz-Bonbons von Kaiser, dafür waren sie auch teurer.

Ja, ein Leckermäulchen war ich schon immer. Mutti hatte meistens einen kleinen Vorrat an Bonbons im Küchenschrank. Die lagen in einer runden weißen Butterdose, die mit vielen kleinen blauen Sternchen verziert war. Oben auf dem Deckel war eine dicke blaue Kugel als Griff. Auch wenn ich mein liebstes Bettelgesicht aufsetzte, blieb mir der Wunsch nach Süßem manchmal unerfüllt. Ich wartete dann ungeduldig, bis Mutti abends in den Stall ging, um das Vieh zu versorgen. Dann gehörte die Küche mir und ich stieg auf den kleinen Kinderstuhl, um an die Butterdose, die jetzt ja eine Bonboniere war, zu gelangen. Manchmal hatte ich Pech, denn ich fand nur noch die gelben oder orangefarbenen Drops, die aussahen wie Zitronen- oder Orangenscheiben. Och nöö, die waren mir zu sauer, die schmeckten mir nicht so gut.

Ich half Mutti immer gerne und freiwillig. Lob und ein Dankeschön waren mir überaus wichtig. Manchmal las ich ihr den nächsten Auftrag schon von den Augen ab. Sonntags nahmen wir das Abendessen zusammen mit Oma und Opa ein. Wieder mal bot ich ungebeten meine Hilfe an, um den Tisch zu decken. Sonntagabends bekam jeder eine wunderschöne Sammeltasse. Wie häufig hatte ich mir die feinen Formen und Muster dieser Tassen angesehen. Hilfsbereit stieg ich wieder auf den besagten Kinderstuhl, um an die oberen Fächer des Küchenschrankes zu gelangen. Ich hatte die sechs unter-schiedlichen Untertassen in der Hand, aber nur kurz, denn sie glitten mir aus den kleinen Fingern und zerbrachen allesamt. Ich hatte Angst, dass mich danach keiner mehr liebhaben würde und habe fürchterlich geheult. Geschimpft haben sie alle und das hat mich sehr traurig werden lassen. Ich wusste nur zu gut, dass ich die Schelte auch verdient hatte. Aber so ist es im Leben: Zeit heilt alle Wunden. Ich wurde wieder geliebt, nur die Untertassen, die blieben zerbrochen.

Ja, die Süßigkeiten: Beim Bäcker standen reihenweise gefüllte Bonbongläser mit den leckersten Sorten nebeneinander und übereinander. Kleine rote Kirschen am Stiel zum Beispiel oder goldene Zaubernüsse, die im Innern Schokolade versteckt hatten. Lecker die 5-Pfennigstücke, die ebenfalls mit Schokolade gefüllt waren. Zu Ostern gab es kleine bunte Dragee-Eier, die einen waren flüssig gefüllt und andere waren innen hart. Von denen hatte man immerhin länger etwas. Himbeerbonbons, die nach Himbeeren schmeckten, Nappos, die sicher stärker waren als so mancher Milchzahn - es war wie im Schlaraffenland. Pastellfarbene

Dauerlutscher waren die reinsten Verführer. Fruchtgummi und Lakritz gehörten zu den Schleckereien, für die ich fast alles getan hätte. Der Schulweg führte zweimal täglich an dieser Bäckerei vorbei, welch eine Verlockung. Das soll aber nicht bedeuten, dass wir uns das täglich leisten konnten, manchmal blieb es ein Wunschtraum. Taschengeld erhielten die Kinder in den 50er Jahren in der Regel nicht, aber immerhin bekamen wir Geld für gute Schulnoten. Während Rosi sparsam mit ihrem Geld umging, ging ich leichtsinniger damit um und ließ mir so manche spitze weiß-blaue Sternchentüte mit Süßigkeiten füllen.

Nachdem Automaten, gefüllt mit Kaugummi oder anderen Leckereien, an den Außenwänden der Geschäfte hingen, verführten sie Tag und Nacht, einen oder mehrere Groschen zu riskieren. Vielleicht erwischte man sogar einen Ring oder anderen Tand statt einer bunten Kaugummikugel.

Baderitual

„Hol mal eben den großen Tubben", - ich musste erst größer werden, bis dieser Auftrag an mich gerichtet wurde. Oben auf dem Hausboden gab es gleich drei Stück davon: ovale Zinkwannen, die ineinander passten. Bei den beiden kleineren waren die Griffe nach oben gebogen, bei der größeren standen die Handgriffe seitlich ab. Für das Familienbad am Samstag benötigten wir die größte der Wannen, die stolze 90 Liter fasste. Der Küchenherd wurde kräftig beheizt, um ausreichend Wasser zu erhitzen und auch um die Raumtemperatur zu erhöhen.

Wie froh war ich jeden Samstag, dass ich als jüngstes Familienmitglied als erstes ins Wasser steigen durfte. Das Schrubben meines Rückens empfand ich wie Streicheleinheiten und hätte wie ein Kätzchen dabei schnurren können. Schon nach meinem Bad war das Wasser milchig trübe von der Kernseife geworden, aber das war ja erst der Anfang. Nachdem mein Bad beendet war, kam wieder ein Schuss heißes Wasser in die Wanne, damit nun Rosi einsteigen konnte.

Nach Rosi folgte Mutti und als letzter war Vati an der Reihe. Die Seife hatte einen breiten Rand Rückstände hinterlassen, die gründlich entfernt wurden.

Häufig hört man ähnliche Berichte über die Baderituale am Samstag. Etwas Jüngere schwärmen von der Zeit, als sie nach dem Bad im Bademantel vor dem Fernseher hockten und Dieter Thomas Hecks Hitparade verfolgten, aber die gab es erst seit 1969. Für uns hieß es nach dem Bad: husch, husch ins Körbchen.

Waschtag

Samstags kam der Tubben, der gerade noch als Badewanne gedient hatte, in die Waschküche, denn montags war Waschtag. Zunächst wurde die Kochwäsche schon am Sonntag in „Henko" eingeweicht, danach wurde sie in den Mantelkessel verfrachtet, um dort gekocht zu werden. Mehrfach wurde der schwere Deckel angehoben, um die Wäsche mit einem langen Wäscheholz nach unten zu stupsen, denn die Teile hatten oft das Bestreben, oben zu schwimmen. Sprudelnd kochte die Wäsche in Persillauge vor sich hin, bis sie von Mutti am Montagmorgen in aller Herrgottsfrühe auf dem Waschbrett sauber gerubbelt wurde. Inzwischen hatten sich auch die beiden kleineren Tubben dazu gesellt, in denen die Wäsche gespült wurde, bis das Wasser nahezu klar blieb. Vorher wurde sie mit beiden Händen kräftig ausgewrungen, damit noch ausreichend Waschlauge für die Buntwäsche übrig blieb.

Jeder Tropfen Wasser wurde mithilfe der Handpumpe in einen Eimer befördert und dann weiter in die Zinkwannen gegossen. Die alte Pumpe hatte am Ende des Schwengels eine schöne blanke Messing-Kugel. Die hatte keine Zeit, Patina anzusetzen, denn sie fand nur nachts Ruhe vor pumpenden Händen.

Noch lange war der Waschtag nicht beendet, denn die Tisch- und Bettwäsche wurde kräftig in zuvor aufgelöster, mit kochendem Wasser übergossener „Stückenstärke" bewegt. In der Regel wurde die Wäsche zum Trocknen auf Wäscheleinen geklammert, die zweireihig bis hinten in den großen Garten an stabile Wäschestangen angebracht waren. Bei Regenwetter fiel der Waschtag nicht aus, zum Trocknen hängte Mutti die Wäsche-stücke auf dem Hausboden auf. Kleinere Teile wurden auf einen mehrarmigen Trockner über dem Herd gehängt.

Nach der Leib- und Weißwäsche ging es dem Schmutz von bunten Schürzen, Blusen und Hemden an den Kragen. Zum Schluss war Vatis „Blauzeug" an der Reihe, das häufig sehr schmutzig von der Arbeit war.

Frisches handwarmes Wasser wurde später noch für die Wollsachen angesetzt, die eher sanft durchgeknetet wurden und nicht mit dem Waschbrett in Berührung kamen.

Zu guter Letzt kippte Mutti das nicht mehr benötigte Wasser aus der Waschküchentür nach draußen auf die Steinplatten, die jetzt kräftig geschrubbt wurden. Ich denke noch häufig an folgendes Bild: Aus den Fugen zwischen den Zementplatten wanden sich blitzschnell rosa Regenwürmer, die scheinbar allergisch auf die Persillauge reagierten. Irgendjemand hatte mal verlauten lassen, dass ein Regenwurm, sollte man ihn halbieren, in zwei Teilen weiterlaufen könne. Haben wir probiert. Ging nicht!

Zum Schluss wurde die Waschküche trocken geputzt und die drei Tubben konnten wieder nach oben gebracht werden.

Ein paar Mal nisteten im Sommer sogar Schwalben in unserer Waschküche. Ob die sich am Waschtag wohl sehr gestört fühlten?

Muttis Ziel war es immer, dass die erste Wäsche vor elf Uhr an der Leine flatterte, was sie auch meistens schaffte. Raue Hände? Rissige Hände? Nie habe ich gehört, dass sie darüber geklagt hätte.

Gebügelt wurde auf dem Küchentisch, auf dem erst zwei Wolldecken und darüber ein weißes Laken ausgebreitet waren. Gebügelt wurde jedes Stück, sogar die Träger der Unterhemden.

Die Tisch- und Bettwäsche wurde gezogen, in einem Lederkoffer verstaut, um dann auf dem Gepäckträger des Fahrrades zur Heiß-mangel gebracht zu werden.

Selten habe ich Mutti stöhnen gehört und ich wundere mich noch heute, dass sie auch am Waschtag abends die schönsten Hand-arbeiten zauberte. Nähen, häkeln, sticken, stricken – sie konnte einfach alles. Nur bei einer Sache konnte man sie schimpfen hören, nämlich wenn es darum ging, Vatis Blauzeug zu flicken. Ich glaube, dass sie dazu auch wirklich nicht die rechte Lust verspürte. Ein leichtes Kinderkleidchen zu nähen, machte ihr sicher viel mehr Spaß, als den sechsten Flicken auf eine Blaujacke zu nähen, wobei meistens eine Nähmaschinennadel abge-brochen war.

Eins war sicher, am nächsten Montag war wieder Waschtag. Gerade die Bettwäsche meiner kranken Großeltern musste häufiger gewechselt werden.

Noch mehr Wäsche? Das war der Grund, weshalb wir verhältnismäßig früh eine Waschmaschine bekamen, eine von BBC. „Brown, Boveri & Cie.", dafür standen die Buchstaben und für mich war es etwas Besonderes, ein im Ausland hergestelltes Gerät in unserem Haus zu wissen. Wow – wir waren international!

Bei der Maschine handelte es sich um einen Behälter, etwa 60 x 60 cm lang und breit und so hoch, dass ein Erwachsener bequem daran arbeiten konnte. Unten war ein Drehkreuz, darunter die Heizschlange. Es erwies sich, dass das Aufheizen des Wassers viel zu lange gedauert hätte, also blieb es dabei, die Wäsche im Mantelkessel zu kochen. Doch dann wurde sie in die Maschine verfrachtet und die drehte jetzt wacker die Wäsche und erübrigte so das lästige Rubbeln auf dem Waschbrett. Jetzt kam aber der Clou: An der hinteren Kante der Maschine war eine von Hand zu bedienende Wringe angebracht. Ein Zipfel des Wäschestücks wurde zwischen zwei

Walzen mit einer gummiartigen Ummantelung gesteckt. Durch das Drehen der Kurbel beförderte man die Wäsche nach außen, wo sie verhältnismäßig trocken auf der eingeklemmten Abdeckung der Maschine ankam und dann ins Spülwasser gelegt wurde. Nach den Spülgängen war die Wringe nochmals im Einsatz. So entfiel auch das beschwerliche Auswringen der Wäsche, das nicht gerade gut für die Handgelenke war.

Etwas später bekamen wir sogar eine Wäscheschleuder, die Vati tatsächlich im Zug aus Bremen mitgebracht hatte. Er war total k.o., als er das schwere Gerät zuhause hatte.

Unterwäsche

Die Unterwäsche, die wir als Kinder trugen, war zweckmäßig und nicht gerade reizvoll. Vorwiegend trugen wir längs gerippte Unterhemden mit breiten Achselträgern. Die Ränder an Hals- und Armausschnitt waren gebogt. Die Schlüpfer mit etwas Bein gab es dazu passend und ich habe den Eindruck, dass sie uns immer reichlich groß zugeteilt wurden. Der Clou: Diese Unterwäsche war über und über mit klitzekleinen Pünktchen versehen, weshalb sie auch den Namen „Konfetti" trug. Manchmal bekamen wir auch die reinweiße Variante. Im Winter gab es zusätzlich noch ein Leibchen, an dem die Strumpfhalter befestigt waren, um damit die verhassten braunen langen Strümpfe anzuknöpfen. Außerdem noch die Krönung, nämlich ein aus Schafwolle gestricktes Unterhemd, das über dem baumwollnen getragen wurde.

In den kalten Monaten war deshalb bei uns am Sonntagmorgen immer Unfrieden angesagt, denn auch meine Schwester bekam das gewaschene Schafwollhemd zum

Wechseln. Das juckte und kratzte und meine Schwester juckte und kratzte weinend zurück. Mutti aber bestand darauf und Rosi musste das Hemd tragen. Mutti hatte extra die wollnen Vollachseln durch weiße Achselträger ersetzt, aber das half nicht. Es gab kein Pardon, auch die Tränen nützten nichts – das Hemd wurde angezogen. Basta! Allergie war früher wohl noch ein Fremdwort.

Wie sehr beneidete ich die kleinen Stadt-Mädchen, die ich bei meinem Kuraufenthalt kennengelernt hatte. Die trugen schicke Unterwäsche von Schiesser mit dem Namen Tausendsassa. Allein der Name! Ich bin sicher, dass ich so manchen neidischen Blick darauf warf.

Die erste feinere Unterwäsche bekam ich zur Konfirmation. Ich fühlte mich richtig erwachen in den Hemdchen mit Spitzen-Büstenteil, obwohl das noch nicht komplett gefüllt war.

Mutti ergänzte ihre Unterwäsche durch meist rosafarbene Büsten- und Hüfthalter. Ihre Unterhemden waren weiß und hatten ein hübsches Spitzen-Büstenteil. Außerdem trug sie ein Unterkleid: sonntags ein feines, besonders schön gearbeitetes Exemplar, wochentags eher ein schlichtes mit Biesen am Ausschnitt oder ein abgesetztes Sonntagsunterkleid. Im Winter trug Mutti ein Unterkleid aus feiner Wolle, das in den Farben rosa, hellblau, grün oder braun angeboten wurde. Muttis bevorzugte Farbe war hier rosa.

Oma trug manchmal sogar noch ein Leinenhemd oder ein kurzärmeliges Baumwollunterhemd unter einem Schafwollhemd und dem warmen Woll-Unterrock. Ich erinnere mich noch an Omas rosafarbenen oder hellblauen „Futter-Schlüpfer", außen blank glänzend und innen angeraut, die nach der Wäsche auf der Leine zum Trocknen hingen.

Für Vati war „Doppelripp" angesagt – je nach Jahreszeit in unterschiedlichen Ärmel- oder Beinlängen. Wegen seiner Rückenprobleme wärmte ihn meistens ein selbst gestricktes Unterhemd aus Rheumawolle, die wesentlich weicher als die olle Schafwolle war.

Opa trug weiße Plüsch-Unterwäsche – im Sommer die zweifädige, dünnere und im Winter die dicke dreifädige. Seine Hemden hatten eine Knopfleiste zum bequemeren An- und Ausziehen.

Gerade Opas Unterwäsche begleitete uns noch lange, denn die wurde zerstückelt, wenn sie verschlissen und schon mit einigen „Stopfern" versehen war. Dann diente sie uns als „Schüsseltuch" in der Küche zum Putzen.

Schlachtfest

Ja, die Tubben kamen noch häufiger zum Einsatz, zum Beispiel beim Schlachtfest. Dann wurden sie mit sauberen Geschirr-tüchern ausgelegt und mit frisch abge-waschenen und gespülten Einkochgläsern bestückt. Auf dem Kopf stehend warteten die Gläser darauf, gefüllt zu werden: die großen Gläser auf die Bratenstücke, die mittleren auf Kochfleisch und die kleineren auf die verschiedenen Wurstsorten.

Meine Großeltern und auch meine Eltern mästeten ein paar Schweine. Wenn die Tiere fett genug waren, wurde der Deal mit dem Viehhändler gemacht. Die schlachtreifen Tiere wurden am Samstag abgeholt, nachdem sie am Rücken farbig markiert worden waren. Auf der Viehrampe am Bahnhof wurden sie verladen und per Güterzug ins Rheinland gebracht. Gespannt verfolgten die Erwachsenen die Fleisch-preise, die in der Zeitung bekannt gegeben wurden und hofften, ein gutes Geschäft gemacht zu haben.

Ein Schwein blieb zurück, kam in ein separates Ställchen und wurde dort mit allerlei Leckereien verwöhnt. Es hätte mal wissen sollen, dass es demnächst auf unseren Tellern landen sollte.

Die eigentliche Schlachtung bekamen wir Kinder nicht mit, denn der Hausschlachter vollendete sein Werk, während wir in der Schule waren. Schon wenn wir die Haustür öffneten, roch alles sehr fremd und ich hatte das Gefühl, alles im Haus sei mit einem feuchtwarmen Fettfilm überzogen. In der Waschküche hing das Schwein, festge-bunden mit den stämmigen Hinterbeinen an einer Leiter. Einen Tag lang musste es austrocknen, bevor es weiter verarbeitet werden konnte. In der Zwischenzeit kam der Tierarzt zur Trichinenschau und setzte blaue Stempelabdrucke auf die Haut, als Zeichen, dass der Weiterverarbeitung nichts im Weg stand.

„Hol mal eben Rüböl", hieß es dann, denn der Hausschlachter äußerte einen Wunsch: Er wollte wie in jedem Jahr Pellkartoffeln mit Rüböl und Salz essen. Sicher waren die frischen Schlachtprodukte keine Verlockung mehr für ihn.

In der Waschküche roch es nach fremden Gewürzen, nach Piment und braunem Pfeffer. Eine Schale war randvoll gefüllt mit gepellten Zwiebeln, die bald ihren Weg in die Wurst finden sollten. In einer Ecke stand ein Steinkrug mit Blut, um den ich einen großen Bogen machte. Roggenschrot hatten wir vom Bäcker geholt, ich vermute, dass es in die Beutelwurst gehörte.

Von einem Schlachtschwein wurde aber auch alles verwendet. Die Därme wurden gründlich gewaschen, um sie später mit Wurst zu füllen. Die Borsten gingen an einen Bürstenmacher. Der Schlachter blies die Blase auf, die dann über dem Küchenherd trocknete. Wenn sie trocken war, ließ Mutti die Luft aus der Blase entweichen und drückte sie platt. Dann ging sie trotz all des Trubels an die Nähmaschine und machte durch die Blasenhaut zwei Teilungsnähte. Die Blase wurde zwischen beiden Nähten geteilt und diente bald als Pelle für Mettwurst. Das Gehirn wurde paniert und gebraten – ein paar Mal war ich Opfer und musste das verspeisen, „weil es doch so gesund war".

Nach jedem Schlachten immer die gleiche Prozedur: Opa schleuderte ein Stück Fleisch hoch in die Luft, in der Hoffnung, dass es sich im Boskopapfelbaum verfing, was nicht jedes Mal auf Anhieb gelang. Meistens herrschte Väterchen Frost und die Meisen bedienten sich lange an dieser fettreichen Köstlichkeit. Ja, auch die Vögel sollten etwas von unserem Schlachtfest bekommen. Dass es sich um die Genitalien handelte, wusste ich damals nicht. Nur gut, dass die nicht in der Sülze gelandet sind.

Am Tag nach der Schlachtung wurde das Schwein zerlegt. Bevor sie eingekocht wurden, brutzelten die Bratenstücke im Backofen und verbreiteten leckere Düfte. Das Kochfleisch brodelte im großen Topf, um dann mit Brühe eingekocht zu werden. Speck und Schinken wurden kräftig gesalzen und lagerten eine ganze Zeit lang in einem Holzbottich im Keller, bevor der Räuchervorgang beginnen konnte. Auch die Eisbeine, Ohren, Pfötchen und der Schwanz kamen zum haltbar machen in die Salzlake.

Kaum zu glauben, damals hatten die Schweine noch einen Schwanz. Vorwiegend bestand der aus Haut und Knochen und wurde sauber „abgegnault", nachdem er einen Eintopf oder ein Kohlgericht bereichert hatte. Schmalz, so weiß wie Schnee, wurde aus Flomen gewonnen.

Am dritten Tag wurde „gewurstet" und der Fleischwolf war im Dauereinsatz. Der Hausschlachter befasste sich mit Leberwurst und Sülze. Die zerkleinerte Fleischmasse landete in der großen Holzmolle und wurde entsprechend durchgeknetet, gewürzt und in Därme oder Einkochgläser abgefüllt. Knipp musste gekocht werden - dabei wurde höllisch aufgepasst, dass die Hafergrütze sich nicht ansetzte. Das Fleisch für Mettwürste wurde bearbeitet, manchmal hatten wir auch noch wegen des besseren Geschmacks Rindfleisch dazu gekauft. Nierenwürste entstanden, die an der Luft getrocknet wurden, bis sie ganz schrumpelig geworden waren. Frische Leber- und Grützwurst wurde in einem mit Papier ausgelegtem Drahtkorb zum Räuchern bereit gelegt.

Ich kam unglücklicherweise darauf zu, als es zu guter Letzt um Blut- und Beutelwurst ging. Die eine Hand des Schlachters mengte gerade noch das zerkleinerte Fleisch in der Molle, als die andere zum Steinkrug mit dem Blut griff. Ein ordentlicher Schuss Blut wurde hinzu gegossen und alles sah umgehend knallrot aus. Blutrot eben! Auch die kräftigen Unterarme des Schlachters waren blutig. Ich beobachtete winzige Blutströpfchen, die an seinen Haaren an den Armen hingen. Ich wusste sehr wohl, dass die rote Masse nach dem Kochen fast schwarz aussah, aber dennoch hat mir dieser Anblick wohl einen solchen Schock versetzt, dass ich niemals wieder Rotwurst oder Beutelwurst gegessen habe. Ich mag sie nicht einmal riechen.

Wenn alles verarbeitet worden war, lagen auch zwei kleine Kinder-Leberwürste im Korb – eine für Rosi, eine für mich.

Jetzt wurde eingekocht, was das Zeug hielt. Im Keller landete nach und nach ein großer Vorrat an Fleisch- und Wurstwaren. Bevor wir viel später eine Gefriertruhe bekamen, mieteten wir in der Stadt ein Fach im Kühlhaus.

Kurz nachdem der Schlachter fertig war, ging das Verteilen los: Wir Kinder brachten frisches Mett, Bauchspeck, Knipp und Brühe zu den Nachbarn und wir konnten sicher sein, dass die sich nach ihrem Schlachtfest revanchierten.

Wenn alles vorbei war, wurde in der Waschküche die „Hundertkerzige" wieder aus der Lampenfassung geschraubt und durch eine 15-Watt-Glühbirne ersetzt.

Zweimal jährlich wurde ein solches Schlachtfest begangen und ich frage mich heute, weshalb diese arbeitsintensiven Tage als Fest bezeichnet wurden.

Die Speckseiten und die Schinken wurden nach einigen Tagen im Solebad an der Luft getrocknet und danach über Buchenholz geräuchert. Dann hieß es warten, warten, warten bis endlich der Schinken ange-schnitten wurde. Es hieß, man müsse erst den Ruf des Kuckucks im Mai gehört haben, bis das große Messer angesetzt werden durfte. Meist hörte ich den Kuckuck schon im

Februar, aber das glaubte mir keiner. Ich musste mich gedulden! Wenn es dann endlich soweit war und das erste Stück vom großen Schinken abgeschnitten worden war, bedeutete das nicht unbedingt gleich wahren Gaumenschmaus. Das erste Stück hatte meistens einen größeren Speck- als Schinkenanteil. Beim zweiten Anschnitt hatte sich das schon geändert und der Schinken schmeckte einfach köstlich.

Der Obstgarten

Früher gab es neben unserem Grundstück mit Haus und Hof einen Obstgarten, der Ende der 50-er Jahre dem Straßenbau geopfert werden musste.

Abwechselnd wuchsen hier alte Apfel- und Birnbäume. Apfelsorten wie Jacob Lebel, Boskop und Grahams Jubiläum kommen mir ebenso in den Sinn wie die köstlichen Birnen. Der August-Apfelbaum, der als erster trug, hatte bestimmt auch einen speziellen Namen, aber der war uns nicht bekannt. Das war so eine ähnliche Sache wie mit der Uromablume, deren Namen wir auch nicht kannten. Wohl aber die Herkunft, wie der Name es sagte. Im hinteren Teil des Gartens standen Zwetschen-, Pflaumen- und Reneklodenbäume. Das Gras im Obstgarten wurde gemäht und entweder in frischem Zustand oder als Heu an die Ziegen und Schweine verfüttert.

Ein Maschendraht umzäunte den Obstgarten und eine kleine Pforte gewährte uns Einlass. Zwischen Zaun und Grasland verlief ein ungefähr ein Meter breiter Streifen Gartenland. Fast schwarz habe ich diesen Rand in Erinnerung, denn nur selten wagte ein Unkräutchen, sich hier auszubreiten. Auf diesem Streifen gab es Johannisbeer- und Stachelbeerbüsche in bunter Reihenfolge. Rote Johannisbeeren? Die hatte ja jeder. In unseren Garten ernteten wir neben den roten auch weiße und schwarze Johannisbeeren. Die weißen habe ich als zuckersüß in Erinnerung. Die schwarzen boten ihren eigenen unverkennbaren Geschmack. Manchmal habe ich die anderen Kinder veräppelt: Ich pflückte eine Handvoll dieser schwarzen Beeren und bot sie ihnen als Heidelbeeren an. Oftmals wurden die falschen Beeren dann gleich wieder ausgespuckt.

Stachelbeeren hatten wir in den Farbrichtungen gelb, rot und grün. Ach, wie gut schmeckten die, wenn sie erst richtig reif waren. Meistens pflückten wir die reifen Stachelbeeren, bissen einmal kurz drauf, saugten den süßen Inhalt heraus und spuckten die härtere Hülle einfach wieder aus. Stachelbeeren tragen ihren Namen eben wegen der spitzen Stacheln an den Zweigen, die allzu gern blutige Kratzer an Händen und Armen hinterließen.

Sollte mal ein Busch im Laufe der Jahre zu alt und zu holzig geworden sein, wurde er durch neue Stämmchen ersetzt, die das Pflücken wesentlich erleichterten.

Was mit dem Obst und den Beeren geschah? Es wurde nahezu alles verwertet.

Mutti kochte leckeres Apfelmus, das ich gern auf mit Margarine bestrichenem Graubrot aß, denn Butter mochte ich schon damals nicht gern. Auch zu Kartoffelpuffern schmeckte Muttis Apfelmus sehr gut.

Die Äpfel für die Lagerung wurden gepflückt und dabei wurde darauf geachtet, dass sie keine Druckstellen bekamen. Sie wurden zunächst auf einem Bett aus Heu auf dem Stallboden gelagert. Später zogen sie in den Keller um und warteten auf großen Borden darauf, verspeist zu werden. Jeder hielt ein Auge darauf und entfernte angefaulte Exemplare, bevor sie die Nachbarn ansteckten.

Die Äpfel wurden geschält, in Scheiben geschnitten und gedörrt, um sie so haltbar zu machen. Den Birnen erging es ähnlich: Was nicht gleich verspeist wurde, landete im Einkochglas, wurde gelagert oder gedörrt.

Fallobst brachten wir im Handwagen nach Bassum zur Süßmosterei Sorichter. Wir Kinder sagten immer „So riecht er und so schmeckt er". Mutti und ganz früher auch Oma achteten peinlich genau darauf, dass wir den Apfelmost von unseren Äpfeln bekamen, denn andere Anlieferer sahen das nicht so eng und brachten schon mal angefaultes Obst zum Mosten.
Bald staunten wir über eine neue Errungenschaft, einen Entsafter. Mittels Wasserdampf wurden die Äpfel gegart und der reine Apfelsaft lief aus einem Schlauch, den man mit einer für mich interessanten Klemme unterbrechen konnte, direkt in die vorbereiteten Flaschen. Mutti kochte leckeres Apfelgelee und sie freute sich immer über die Klarheit ihrer Produkte.
Besonders gern mochte ich die getrockneten Zwetschen oder Backpflaumen.
Vermischt und gekocht mit den Apfel- und Birnenschnitzen ergaben sie ein wohl-

schmeckendes Backobst, das wir als Kompott oder als Beigabe zu Kartoffel-klößen halb und halb aßen.

Für die Produkte unseres Obstgartens gab es auch Stammkunden. So mancher Eimer voll Johannisbeeren wurde an die hiesigen Bäcker verkauft.

Das Pflücken der Obstsorten lag in den Händen von Mutti und Vati, aber wenn es um die Beerenernte ging, waren auch wir Kinder gefragt. Es war ganz schön mühselig, bis der weiß emaillierte Eimer gefüllt war. So manchen Ohrenkneifer hatten wir gestört, der dann fluchtartig sein Zuhause verließ. Johannisbeergelee, rote Grütze und vor allem Wein wurden aus den saftigen Beeren hergestellt.

Stachelbeeren in noch nicht ganz reifem Zustand wurden für Tortenbelag eingekocht oder ebenfalls zu Marmelade verarbeitet.

In der Beerenerntezeit stand fast regelmäßig ein kopfübergestellter Stuhl auf dem Küchentisch. An den Enden der Stuhlbeine befestigte Mutti ein dreilagiges Mulltuch mit einem Bindfaden, an dessen Enden ein dicker Gummiring hing. Nur so konnte sie sicher sein, dass das beerenrote Tuch da blieb, wo es hingehörte. Der große schwarze Topf wurde mit Beeren gefüllt und gekocht und durch das Tuch gefiltert. Reiner Fruchtsaft wurde in einer bereit stehenden Schüssel aufgefangen. Über Nacht hatte „es sich ausgetropft" und in dem Tuch blieb ein trockener Rest von Kernen und Häutchen. Mit Zucker wurde der Fruchtsaft am nächsten Tag aufgekocht, der als Saft zum Trinken oder als Beigabe zum Pudding bestens geeignet war. Oder Mutti stellte ihr berühmtes Johannisbeergelee her, das sie in Scheiben geschnitten als Tortenfüllung verarbeitete.

Ich weiß heute nicht mehr, wie viele Apfelbäume auf dem Grundstück standen.

Es könnten wohl acht oder zehn gewesen sein. Dennoch zog es mich zur Apfelerntezeit in den Garten einer Schulkameradin. Manchmal krabbelte ich ungesehen unter dem Zaun hindurch, um mir hier einen Apfel zu stibitzen, weil ich meinte, dass der viel leckerer war als unsere. Nicht Kirschen, nein Äpfel reizten mich aus Nachbars Garten. Außerdem auch Eierpflaumen, von denen ich mir bei Gelegenheit einige vom Nachbargrundstück angelte.

Wein

Mutti, Oma (als sie noch fit war), Rosi und ich pflückten Johannisbeeren „auf Deubel komm raus", denn es sollte, wie in jedem Jahr, Wein hergestellt werden.

Das Pressen der gewaschenen Früchte fand erst abends statt, denn hierzu war Manpower gefragt. Die Beerenpresse hatte auf den ersten Blick Ähnlichkeit mit einem Fleischwolf, aber das Innenleben war doch sehr unterschiedlich. Eine Schnecke transportierte dickflüssigen Fruchtsaft in einen Topf. Seitlich war der Auswurf für harte wurstähnliche Gebilde aus Kernen, Stielen und Häuten.

Vati kam ordentlich ins Schwitzen, denn die Kurbel ließ sich nur unter großer Kraftanstrengung drehen. Wir Kinder scheiterten schon bei einem Versuch und begnügten uns damit, den Trichter der Presse zu befüllen.

Vier große Dreiliergläser standen bereit und wurden etwa zu einem Drittel mit dem Beerensaft oder besser Beerenmus gefüllt.

Alle weiteren Arbeiten fanden dann oben im Flur statt, denn in der kleinen Rumpelkammer wurde alles aufbewahrt, was Mutti für die Weinherstellung benötigte: Ein schwerer glasierter Steinzeugtrog zum Beispiel. Zwei Holzleisten, netzartiges Gewebe und Bindeband legte Mutti bereit, bevor sie einen der vielen Demignons aussuchte. Demignons, das sind große grünliche Ballonflaschen, einige davon standen fest in einem Weidenkorb.

Jedes Teil, was in den nächsten Tagen für die Weinherstellung benötigt wurde, musste erst einmal peinlich genau gereinigt werden. Wenn alles bereitstand, konnte es beginnen. Die Gläser mit dem Fruchtmus wurden mit viel Zucker aufgefüllt und dann mit dem durchlässigen Mulltuch verschlossen. Die Holzleisten legte Mutti unten in den Trog und stellte die vier mit Zucker und Beerenmus gefüllten Gläser kopfüber nebeneinander in den Trog, in dem sich langsam der Saft sammelte. Am nächsten Tag ging es wieder nach oben, bewaffnet mit Trichter, Suppenkelle und einem Eimer Wasser. Mutti drehte die Gläser um und füllte den jetzt gezuckerten Saft aus dem Trog in die Ballonflasche. Dann wurden die Tücher kurz gespült, damit sie durchlässig blieben. Der verbliebene Inhalt der Gläser wurde wieder mit Zucker, jetzt aber auch mit Wasser aufgefüllt. Kopfüber standen bald wieder die Gläser nebeneinander im Trog, damit sie sich erneut langsam entleeren konnten. Diese Prozedur wiederholte sich „gefühlte" zehn Tage lang. Im Laufe dieser Zeit hatte sich die Fruchtfarbe stark verändert, aus dem Johannisbeerrot war eine eher bräunliche Masse geworden. Täglich füllte Mutti die Flüssigkeit, die einmal Wein werden sollte, in den Demignon. Jedes Mal prüfte sie genau, ob der gewonnene Saft wirklich klar war, denn trübe durfte er nicht sein. Als die Früchte „ausgelaugt" waren, hatten die großen Gläser und der Steintrog wieder Pause bis zum nächsten Jahr.

Mit einem großen Korken, der in der Mitte ein Loch hatte, wurde die bauchige Ballonflasche verschlossen. In dieses Loch wurde der Gärspund gesetzt, ein doppelt U-förmiges Glasrohr, das wie ein rohes Ei behandelt wurde, weil es sehr zerbrechlich war. Durch dieses Glasrohr konnte beim Gärprozess entstandenes Kohlendioxyd entweichen, dagegen Luft oder Sauerstoff nicht in die Flasche gelangen. Sollte Mutti nicht ganz sicher sein, dass der Korken auch wirklich dicht war, träufelte sie heißes Kerzenwachs zwischen Flaschenrand und Korken. Womöglich hätten sich sonst noch Obstfliegen eingefunden.

Von oben wurde der Gärspund mit etwas Wasser gefüllt und dann warteten wir einige Tage, bis es endlich soweit war. Lautlos stiegen kleine Bläschen aus dem Gärspund, der Prozess lief also.

Mutti war immer stolz, weil sie keinerlei Hefe oder andere Zutaten für den Wein brauchte. Ihr Wein bestand lediglich aus Johannisbeeren, Zucker und Wasser. Einmal hatte sie Stachelbeeren hinzugegeben, war mit dem Geschmack zwar zufrieden, wohl aber nicht mit der Farbe. Es ging eben nichts über das gewohnte Rubinrot ihres Weines.

Die gefüllte Ballonflasche gesellte sich bald zu den anderen aus den Vorjahren, bei denen der Gärprozess längst abgeschlossen war.

Wenn sich der Bestand an Weinflaschen im Keller reduziert hatte, war es an der Zeit, den

Wein abzuzapfen und dabei kam Opa wieder ins Spiel.

„Hol mal eben den Tubben", hatte es bestimmt wieder geheißen. Ausreichend leere Flaschen wurden gründlich mit einer Flaschenbürste gereinigt, danach gespült und zum Austropfen kopfüber in die Zinkwanne gesetzt.

Jetzt kam der spezielle etwa fingerdicke Gummischlauch zum Einsatz, etwa 80 cm lang. An beiden Enden war ein Glasrohr eingeführt, eins ungefähr 20, das andere etwa 30 cm lang. Nachdem die Ballonflasche entkorkt worden war, hängte Opa das längere Ende des Schlauches hinein. Die sauberen Flaschen standen griffbereit vor ihm. Und dann kam das Schauspiel, über das ich mich immer kringelig lachen konnte. Opa sog am anderen Ende den Wein an. Bevor er den Schlauch dann in die erste Flasche steckte, kostete er den ersten Schluck aus dem Demignon und gab sein Urteil ab: Er schmeckte. Dann saugte er erneut an dem Schlauch und steckte blitzschnell das Glasrohr in die erste Flasche. Wenn sie fast voll war, kniff er mit den Fingern den

Schlauch ab, führte das Röhrchen in die nächste Flasche bis die und schließlich auch die letzte gefüllt und der Demignon leer waren. Opa versuchte dann immer, uns den physikalischen Prozess zu erklären, denn in der Tat lief die Flüssigkeit ja nach oben.

Um die 20 Flaschen mussten nun mittels Korkmaschine verschlossen werden. Zum Schluss bekamen die Flaschen noch ein buntes Häubchen. Eine Kappe aus buntem blei(!)haltigem Material wurde über den Flaschenhals gestülpt und festgedrückt. Mit einem Etikett wurden die Flaschen dagegen nicht versehen. Wie viel Öchsle? Wie viel % Alkohol? Die Frage konnte keiner beantworten. War wohl auch egal – jedenfalls schmeckte der Wein den Gästen.

Als ich größer war und auch probieren durfte, fand ich den Wein zwar sehr lecker, es blieb aus heutiger Sicht aber auch die Erinnerung an Sodbrennen.

An einem ziemlich heißen Sommertag hackte ein Dorfbewohner Brennholz für uns. Wie viele andere auch hatte er nach dem Krieg seine schlesische Heimat verlassen müssen. Wie froh mag er gewesen sein, wenn er sich etwas Geld dazu verdienen konnte. Ich habe ihn noch genau vor Augen: Sehr klein und sehr dünn, so eine Art „Luftgetrockneter". Immer wieder zwirbelten seine Finger seine langen Bartspitzen nach oben. Dieser freundliche alte Mann bekam außer seinem Lohn von Mutti eine Flasche Johannisbeerwein. Keiner konnte ahnen, dass er diese gleich öffnete und daraus trank. Nicht nur einen Schluck, er trank ordentlich davon, dabei die scharfe Axt in der Hand.

Wir merkten es erst, weil er immer lustiger wurde und dabei rief „Ahui! Ahui!"

Sollte wohl übersetzt heißen: Der hat's in sich, schmeckt aber verdammt gut.

Kurzum, wir haben ihn nach Hause geschickt und ihn für den nächsten Tag noch einmal bestellt.

Holz, Kohle, Brikett

In sowohl unserer als auch in Omas und Opas Küche stand ein großer rechteckiger Herd. Die Platten wurden mit „Herdweiß" oder „Ena-Blitz" blank geputzt, bis sie spiegelten. Den letzten Schliff verlieh ihnen eine kräftige Abreibung mit einer zusammengeknüllten Zeitung. Wohin damit, wenn die ausgedient hatte? Natürlich gleich ins Feuer. An der Frontseite des Herdes befanden sich drei Klappen. Man hätte den Herd durch die kleine obere Klappe befüllen können, aber dabei bestand die Gefahr, dass Asche oder sogar Glut ungewollt auf den Boden fielen. Wir beheizten unseren Herd meistens von oben, indem wir mit einem kleinen speziellen Feuerhaken die runde Herdplatte zur Seite legten. So konnten Holzstücke, eine Schippe Kohle oder ein Stück Brikett den letzten Weg antreten.

Jeden Morgen wurde der gefüllte Asche-kasten aus der unteren Klappe geholt und in einen Behälter entleert, der in der Diele seinen Platz hatte. Mutti hoffte immer darauf, dass morgens noch ein bisschen Glut im Herd zu finden war, denn das ersparte ihr das manchmal komplizierte Anheizen. Wenn sich etwas Restglut finden ließ, legte sie zunächst feines „Sprickelholz" auf die Glut. Die kleinen Stücke hatten den Sinn, das Feuer auf die lose darauf gelegten größeren Holzscheite abzugeben. Erst wenn die Flammen deutlich sichtbar waren, wurden Kohle und Brikett hinzugefügt.

Wenn das Feuer entfacht war, wurde ein Schieber betätigt, der die Luftzufuhr zum Schornstein regelte. Der Qualm fand seinen Weg durch ein langes gebogenes, mit Silberbronze gestrichenes Ofenrohr. Schließlich sollte die Wärme im Raum bleiben und nicht ungenutzt durch den Schlot gehen. An der Frontseite des Herdes gab es eine weitere große Klappe, hinter der sich der Backofen verbarg.

Jede der Ofenklappen war mit einem feuerfesten Dichtungsband versehen, das von Zeit zu Zeit ausgewechselt werden musste, weil es abgenutzt war. Kaum zu glauben, aber wahr: Es bestand aus Asbest. Bei jedem Öffnen und Schließen der Klappen lösten sich winzige Asbestfasern und schwebten durch die Luft.

Eine runde Stange umgab die Herdplatte und schützte sicher auch vorwitzige Hände vor Verbrennungen. Weiter ließen sich kleine Wäschestücke prima darauf trocknen.

Um nicht jedes Stück Heizmaterial einzeln aus dem Stall zu holen, gab es einen kleinen Vorrat davon in der Küche. Holzscheite lagen in der „Holzkiste", war ja auch logisch, wenn sie schon so hieß. Die Kohle befand sich im speziellen Kohleschütter. Der war schwarz lackiert, hammerschlagbearbeitet und hatte eine besondere Form, durch die er sich gut befüllen und wieder leeren ließ.

Die Briketts fanden ihren Platz unter dem Herd, der auf etwa 30 cm hohen Beinen stand. Gerade abends wurden die schwarzen Brikettstücke einzeln in Zeitungspapier eingewickelt, bevor sie in die Glut gelegt wurden. So sollten sie die Hitze länger speichern.

Manchmal kam ein Händler aus dem Emsland durchs Dorf, der Torfstücke zum Heizen anbot. Nur selten ließen wir uns dazu überreden. Diese geheimnisvollen Stücke mochte ich nur ungern in die Hände nehmen, denn es hatte sich so manche Spinne darin wohlgefühlt. Jedes Mal bekam ich einen Riesenschreck, wenn so ein fetter Achtbeiner über meine Hand entfliehen wollte.

In der guten Stube befand sich eine weitere Heizquelle: Ein braun emaillierter Kohleofen, der nur an Feiertagen oder zu Geburtstagsfeiern angeheizt wurde.

Gekocht hat Mutti auch auf einem Gasherd, der neben dem Küchenherd seinen Platz hatte.

Ende der 50-er Jahre wurde das Bassumer Gaswerk geschlossen und es stand eine große Umrüstung an. Wir bekamen einen Elektroherd und einen Kohlebeistellherd. Zwei weiße nagelneue Geräte standen jetzt nebeneinander in der Küche. Neue Töpfe mit einem schweren Boden, der für E-Herde geeignet war, mussten angeschafft werden. Ich erinnere mich noch vage daran, dass die Hausfrauen zu einer Schulung eingeladen wurden, sicher zu dem Thema „Kochen auf dem E-Herd". Fast jede davon erwarb das hellblaue Kochbuch dazu, denn man fand es in nahezu jeder Küche.

Es dauerte nicht mehr lange, bis die Wohnräume mit einem Ölofen versehen wurden. Holz, Kohle und Briketts blieben für den Beistellherd und für Omas alten Küchenherd. Die Ölöfen dagegen wurden per Ölkanne befüllt. Man musste höllisch aufpassen, dass kein Tröpfchen neben dem Tank landete, denn das bescherte üblen Gestank

Anfang der 60-er Jahre baute Vati dann eine Heizungsanlage ein. Zunächst wurde die mit Koks beheizt. Es dauerte nicht lange, bis er sie auf Öl umstellte.

Ich erinnere mich noch an die seltsame Bezeichnung der Ausstattung des Heizkessels, denn der war mit einem Wechselbrandgeschränk versehen. Seltsam, dass mir als technische Niete dieser Ausdruck wieder in den Sinn gekommen ist.

Doch noch einmal zurück zu der Zeit, als noch vorwiegend mit Holz geheizt wurde.

Hier und da musste ein kranker Baum gefällt werden. Das war natürlich jedes Mal ein großes Ereignis, bei dem manchmal nicht alles glatt lief. Wenn der Baum bezwungen

Vater und Tochter haben beschlossen: Der Baum muss runter.

war, wurden der Stamm und die großen Äste zersägt und schließlich die kleineren Zweige zerkackt. Das Wurzelwerk musste mühevoll aus dem Boden entfernt werden und es dauerte eine geraume Zeit, „bis das Gras darüber gewachsen war".
Wenn das Feuerholz in herdgerechte Stücke zerteilt worden war, wurde es auf dem „Holzplatz" zu einer Holzfeime aufgeschichtet, um an der Luft zu trocknen,

denn jeder wusste, dass „grünes", also frisch geschlagenes Holz, nicht gut brennt.

Meistens standen drei Feimen nebeneinander. Wenn die Vorräte im Stall weniger wurden, musste das Holz einer Feime in den Stall gebracht werden: Einen Teil für Oma und Opa, einen Teil für uns. Wir Kinder halfen gerne dabei, denn wir konnten uns richtig dabei austoben.

Einmal machten wir eine ganz besondere Entdeckung, nachdem auch das letzte Stück Holz aufgesammelt worden war. Ganz unten war das Erdreich weich und mittendrin fanden wir ein Nest mit frisch geborenen winzig kleinen rosa Mäuschen. Das fand natürlich unser besonderes Interesse. Keiner achtete vor lauter Mauseglück auf eine mit Zement gefüllte schwere Eisenstange, die sich an einer danebenstehenden Feime selbständig gemacht hatte. Mit einem Satz war mein Vater zur Stelle und griff wohl im letzten Moment nach der Stange. Er riss mich fest an sich und sagte immer wieder: „Die wär' doch dem Kind um ein Haar ins Genick gefallen!"

Danke Papa!

Lebensmittel und Müll

Im Verhältnis zu heute fiel früher nur sehr wenig Müll an. Lebensmittel wurden als lose Ware verkauft und in Papiertüten verpackt. Ich staunte nicht schlecht über Berichte, dass diese Papiertüten von Gefängnisinsassen zusammengeklebt worden seien, die sich dadurch etwas Geld verdienten. Das war mir irgendwie suspekt. Fand sich da womöglich noch Blut an den Händen eines Verbrechers, der unsere Zucker- und Mehltüten geklebt hatte?

Ob Grieß, Reis, Graupen, Rosinen, Nudeln – alle Lebensmittel befanden sich im kleinen Laden nebenan in Holzschubkästen, in denen auch jeweils eine kleine Schaufel zum Abfüllen lag. Nachdem wir Lebensmittelvorräte dieser Art gekauft hatten, wanderten sie von der Tüte aus in hübsche Vorratsbehälter aus Porzellan mit goldener Aufschrift, die in Reih und Glied im Küchenschrank standen. Kleinere Ausgaben davon waren für Gewürze bestimmt. Wenn es hieß: „Hol mal eben Kaffee", dann bedeutete es längst nicht, dass wir auch

Kaffee kaufen sollten. In dem Fall gab es extra den Hinweis auf Bohnenkaffee. Ansonsten kauften wir als tägliches Getränk Kaffee-Ersatz, der Marke „Lindes" in einer weißen Verpackung mit blauen Punkten, „Jota", in einer braun-roten Pappschachtel oder „Kathreiner", der sich in einer weiß, schwarz, roten Verpackung befand. Ich meine, dass alle Sorten aus geröstetem Malz und Zichorie hergestellt wurden. Später hielt der lösliche „Caro"-Kaffee Einzug, der mir auch nicht gut schmeckte.

Wurst hatten wir genug im Keller, aber Schnittkäse ließen wir vom großen Stück mit der handbetriebenen Aufschnittmaschine in Scheiben schneiden. Sorgfältig wurde der Käse in Pergamentpapier verpackt. Gouda, Edamer mit roter und Tilsiter mit gelber Wachsrinde waren im Angebot. Immer wieder fanden sich schmale Wachs-streifenreste zwischen den Scheiben und man musste schon aufpassen, dass sie nicht samt Käse im Mund verschwanden, denn das gab so ein pelziges Gefühl auf der Zunge.

An jedem Wochentag hielt der mit einem PS betriebene Milchwagen vor der Tür.

Vollmilch und Buttermilch flossen direkt aus dem Hahn in die emaillierten Milchkannen. Hier gab es also gar keinen Müll.

Wasch- und Spülmittel waren kartonverpackt, Seife gab es lose.

All die genannten Verpackungen aus Pappe wurden, wenn sie ihren Dienst erfüllt hatten, ein Opfer der Flammen.

Bei einigen Dingen ging das leider nicht: Wohin mit der Rasiercreme- oder Zahnpastatube, der Schuhcremedose und der Glasflasche von Herdputz- oder Poliermitteln? Diese Kleinteile landeten im Aschebehälter, der wöchentlich zur Abfuhr an die Straße gestellt wurde.

Ein Trio war für die Müllabfuhr zuständig: Der Chef fuhr den Trecker und zwei fleißige, immer grau aussehende Helfer beförderten den Inhalt der Aschebehälter auf die offenen Anhänger hinter dem Trecker. Wenn der Trecker von Haus zu Haus fuhr, kam der Fahrer ja nicht gerade in den Rausch der Geschwindigkeiten und die Asche und die anderen Abfälle blieben brav an ihrem neuen Platz. Wenn aber die Tour beendet war, saßen auch die beiden Helfer vorn mit auf dem Trecker, der jetzt in großem Tempo durch den Ort fuhr und dabei eine ordentliche Aschewolke hinter sich herzog. Je nach Windstärke mal mehr und mal weniger.

Es gab aber auch größere Dinge, die entsorgt werden mussten. Wohin mit dem Topf, der ein Loch hatte? Oder mit der zerbrochenen Kaffeekanne? Mit geleerten Farbdosen zum Beispiel?

Für diesen Zweck baute Opa eine Kiste aus Zementplatten etwa 1 x 1 Meter groß. Vati hatte einen Deckel dafür geschmiedet, dessen Kanten schön abgerundet waren. Im hinteren Teil hatte er Scharniere angebracht, so dass sich die Kiste gut befüllen und wieder leeren ließ. Ruckzuck füllte sich der Behälter, denn plötzlich hatte jeder etwas Zerbrochenes zu entsorgen. Als Opa den Inhalt sah, den er im Garten vergraben wollte, rief er: „Dor is all för hunnert Mark wat inne". Seitdem war das unsere „Hundertmarkskiste".

Vor einem Problem standen wir, nachdem wir erstmals Ei-Shampoo in einem kleinen Kunststoffkissen gekauft hatten. Als der Inhalt verbraucht war, stellte sich die Frage der Entsorgung. Verbrennen ging nicht. Wir hatten gehört, dass beim Verbrennen von Kunststoff giftige Dämpfe entstehen. Für die Hundertmarkskiste waren die Kissen zu klein, also fanden sie ihren letzten Weg im Aschebehälter.

Und dann war da noch die Sache mit dem Zeitungspapier: Die Tageszeitung wurde natürlich erst von allen Familienmitgliedern ausgiebig gelesen. Danach nutzte man das Papier, um verschiedene Dinge darin einzupacken. Die Fensterscheiben erhielten den besten Glanz, wenn sie nach dem Putzen mit einer zusammengeknüllten Zeitung abgerieben wurden. Ebenso verfuhren die Hausfrauen, wie bereits erwähnt, mit den Herdplatten. Kontakt mit Lebensmitteln? Keiner zweifelte damals an einer Gesundheitsgefährdung durch Druckerschwärze. Im Gegenteil, denn es hieß, die schwarze Farbe sei keimtötend. Klar, weil sie giftige Bestandteile enthält.

Schlussendlich wurden die Zeitungen in passgerechte Stücke geschnitten und fanden ihren Platz für hinterlistige Zwecke am stillen Örtchen. Als bunte Reklameblätter als

Zeitungsbeilagen verteilt wurden, merkte man schnell, dass die für solche Zwecke völlig ungeeignet waren, weil sie rutschten.

Haare

Meine Haare waren schon immer extrem dünn und weich. Wie die meisten kleinen Mädchen trug ich Zöpfe. Während sich Rosis Haare zu dicken Zöpfen flechten ließen, hingen meine kraftlos wie kleine Lämmerschwänze herunter. Manchmal machte Mutti mir zwei „Affenschaukeln", indem sie die Haarspitzen der Zöpfe mittels Haarspange wieder am Ansatz befestigte oder wir bekamen einen Haarkranz um den Kopf geflochten. Sonntags trugen wir breite Haarschleifen im Haar – rote oder weiße aus blankem Taftband. Meine Schleifen hielten meistens nicht, weil sie zu schwer waren und ganz einfach aus dem dünnen glatten Haar heraus glitten. So flocht Mutti die Schleife mit ein und die letzten Flechten waren farbig durchzogen.

Die Friseursalons in der Stadt waren mir durchaus bekannt. Kein Wunder, denn sie waren an der von zwei Ketten gehaltenen blanken Scheibe als Innungszeichen schon von weitem zu erkennen.

Einen Salon betrat ich mit neun Jahren zum ersten Mal, denn meine Zöpfe sollten abgeschnitten werden. Mutti und Vati hatten sich dazu entschieden, weil mein Kuraufenthalt bevorstand. Schwuppdiwupp – schon trug ich einen Pagenkopf, der wesentlich pflegeleichter war. Der Friseur wickelte die abgeschnittenen Zöpfe in ein Stück Seidenpapier ein und ich trug sie mit gemischten Gefühlen nach Haus. Täuschte ich mich, oder hatte der Friseur Mutti erzählt, dass sich die Haare gut veräußern ließen? Das stand aber wohl nicht zur Debatte.

Stolz präsentierte ich überall meinen neuen Bubikopf und ich fand mich plötzlich up to date. Als der Sohn unserer Mieter von der Arbeit nach Hause kam, lauerte ich ihm auf. Mit den Zöpfen im Seidenpapier in der Hand überraschte ich ihn: „Guck mal, wie ich aussehe!", und berührte seinen Arm mit meinen Beweisen. Flutsch sagte es und die glatten Haare rutschen aus dem glatten Papier. Weil sich die Flechten längst gelöst hatten, lag jetzt ein ungeordnetes Häuflein Haare im Flurgang und ich stand wie ein begossener Pudel da – mit dem leeren Seidenpapier in der Hand. Aber mit Bubikopf!

Mutti bekam alle paar Monate eine neue Dauerwelle gelegt. Meistens stöhnte sie über die langwierige Prozedur. Ich konnte es nachvollziehen, als ich viel später meine erste Dauerwelle bekam: Schwere Wickler wurden sorgfältig ins Haar gedreht und es gab eine übel riechende Flüssigkeit darauf. Und dann hieß es unter einer Trockenhaube warten. Nach einer gefühlt langen Zeit mussten die Haare zunächst auskühlen, bis dann alles ausgespült wurde. Es folgte die Fixierung, die schon etwas angenehmer roch. Und wieder einwirken lassen, warten und abspülen. Haare schneiden und frisieren folgte, bis man dann, fast wie neu, im Spiegel das Ergebnis anschauen konnte. Drei Stunden lang dauerte die Prozedur, diese Zeit musste man für frisch gekringelte Haare schon einkalkulieren. Zwischendurch ging Mutti zur Wasserwelle, um die Haare schneiden und eindrehen zu lassen.

Einmal bot eine Bekannte die Friseurdienste zu Hause an. Sie selbst übte einen anderen Beruf aus. Nach dem Waschen festigte sie Muttis Haare tatsächlich mit Zuckerwasser und brachte dann die Brennschere zum Einsatz. Der Name für dieses Gerät war irreführend, denn die Haare wurden lediglich eingeklemmt. Statt der Schneidflächen hatte die Brennschere zwei lange Röhren. Wenn sie auf dem Herd ausreichend aufgeheizt war, wurde Strähne für Strähne von den Haarspitzen bis zum Ansatz aufgerollt, so dass ein Lockenköpfchen entstand. Lange hielt die neue Pracht allerdings nicht, aber Muttis Schopf wurde aufgrund der Zuckerlösung bei allerlei fliegenden Insekten sehr beliebt. Es blieb bei einem einmaligen Versuch mit dieser Dame. Mutti brachte manchmal auch „Wellenreiter" ins Haar, die statt lockiger jetzt eine wellige Frisur entstehen ließen.

Vati hatte schon als junger Mann Geheimratsecken und das Haupthaar war auch nicht mehr üppig. Dennoch liebte er es, wenn wir ihn mit einer Kopfmassage verwöhnten. Danach bekam auch er seine

Behandlung mit der Brennschere. Selten ging das ohne leichte Verbrennungen auf der Kopfhaut ab. Ich erinnere mich noch daran, wie er regelmäßig seine Haare mit einem erbsengroßen Stück Frisiercreme Marke „Brisk" einrieb.

Kurz nach mir bekam auch Rosi ihren Bubikopf. Somit hatten auch bei ihr Haarspangen und Haarschleifen ausgedient.

Oma trug einen geflochtenen Zopf, mit dicken Klammern aus Horn im Hinterkopf zusammengesteckt. Die Haarpflege beschränkte sich bei ihr auf das Waschen über der Waschschüssel.

Vati schnitt Opas Haare mit einer Hand-Haarschneidemaschine.

Federvieh

War Opa immer der Auffassung gewesen: „Wer Hühner hat, geht pleite", sahen meine Eltern das anders und Vati baute nach Opas Tod einen Hühnerstall. Das Grundstück war groß genug, so dass bald ein geeignetes Stück Land als Hühnerhof ausgewählt und eingezäunt wurde. Vati errichtete ein geräumiges Holzhaus, das er mit Dachpappe ummantelte. Als Inneneinrichtung bekamen die Hühner ausreichend Sitzstangen und vor allem Nester, worein sie die Eier legen konnten. Über eine kleine Hühnerleiter war ihr neues Domizil zu erreichen. Erst als eine nagelneue Hühnertränke und ein Trog aus Zink für das Körnerfutter angeschafft waren, konnten auch die Hühner gekauft werden. Fünf braune Junghennen und ein stolzer Hahn scharrten bald vergnügt im Hof, aber es sollte noch ein paar Wochen dauern, bis das erste Ei im Nest lag. Was war das für eine Freude, als wir es in Händen hielten.
Bald erwies sich, dass der Platz fürs Hühnerhaus nicht ideal gewählt worden war. Es dauerte nicht lange, bis die Hühner auch

das letzte Hälmchen Gras gefunden hatten und schnell verwandelte sich der Boden bei Regen in eine äußerst rutschige Angelegenheit. Vati hatte mit schweren Zementplatten einen Weg zum Häuschen verlegt, damit das Federvieh trockenen Fußes gefüttert werden konnte und wir natürlich auch die Eier aus den Nestern nehmen konnten. Wie sollte das erst bei Schnee und Eis werden?

Meine Eltern überlegten, wie das Problem zu lösen sei. Bald entschieden sie, einen der früheren Schweineställe für die Hühner herzurichten. Hier war allerdings noch eine Hürde zu nehmen, denn Vati musste erst einen Tunnel bauen, durch den die Hühner vom neuen Stall aus ihren Hof erreichen konnten. Die Innen-Baumaßnahmen wiederholten sich: Nester bauen, Stangen befestigen, Wände verschalen. Aber bald war auch das geschafft und die Hühner gewöhnten sich schnell an den unterirdischen Gang.

Vom Stallgang aus konnte man eine hölzerne Klappe öffnen und in leichte gebückter Haltung im Halbdunkel die Eier entnehmen.

Manchmal saß noch ein Huhn auf dem Nest, das dann erst mal mit ein paar Streichel-einheiten versorgt wurde.

Wir freuten uns über dicke braune Eier und waren sicher, dass keine anderen so gut schmeckten wie unsere.

Einmal kam Mutti ganz irritiert aus dem Stall: „ Im Nest war ein Tier! Ich habe es gestreichelt, aber das war kein Huhn! Es hatte Haare, aber Pucki war das auch nicht. Es ist dann weggehuscht."

Sie rätselte herum und streichelte das weiche Fell unserer Katze Pucki. Mutti hielt die Augen offen und auch Vati fand mal Gelegenheit, dem haarigen Tier übers Fell zu streichen. Aus lauter Tierliebe beschlossen meine Eltern, diesen neuen unbekannten Stallgenossen zu verwöhnen und stellten ihm regelmäßig einen Teller mit Leckereien bereit, der meistens schnell geleert wurde.

Weder die Hühner noch der Hahn fühlten sich durch den Mitbewohner gestört.

Nach knapp zwei Wochen saßen, wie vorgesehen, nur noch die Hühner im Nest und das unbekannte Wesen war ver-schwunden. Mutti fand kurz darauf eine dicke fette tote Ratte! Vermutlich hatte die sich überfressen.

Außer Hühnern hielten sich meine Eltern später ein paar Enten und Gänse, deren Leben meist kurz vor Weihnachten endete. Die Gänse bewachten das Grundstück wie ein scharfer Hofhund und fauchten jeden an, von dem sie meinten, dass er nichts bei uns zu suchen hätte.

Nachdem das letzte Stündchen für die Gänse gekommen war, wurden sie in mühseliger Kleinarbeit gerupft. Die wertvollen Daunen wurden gesammelt, in Leinenbeuteln getrocknet, bevor sie gereinigt in einem roten Inlett verschwanden. Wir alle schliefen unter einem federleichten Daunenbett und mussten uns nicht „mit fremden Federn schmücken".

Bevor die Gänse gerupft wurden, hieß es sicher: „Hol mal eben den Tubben."

Die leblose Gans, die Mutti mit der linken Hand festhielt, lag auf ihrem Schoß. Mit der rechten rupfte sie die weichen Federn, die sie sorgfältig in den Tubben legte und für einen Bruchteil von Sekunden die Hand schützend

darüber hielt, damit die federleichten
Daunen nicht durch die Gegend schwebten.

Großreinemachen

In jedem Frühjahr stand diese große Aktion
an und wohl jedes Teil im Haus wurde dazu
von der Stelle gerückt. Jeder Schrank, ob
groß oder klein, wurde von der Wand
gezogen und keine Schrankwand entging
dem Putzlappen. Die Fronten der Schränke
wurden mit Möbelpolitur bearbeitet, bis man
sich drin spiegeln konnte. Der Inhalt eines
jeden Schrankes wurde entnommen und die
Regalbretter geputzt. Danach wurde alles neu
gestapelt, nicht mehr Passendes aussortiert.
Im Kleiderschrank von Oma und Opa lag
eine wunderschöne bemalte Hutschachtel, in
der sich Omas Ausgeh-Hut befand. Daneben
lag Opas Zylinder, ein Chapeau-Claque, der
seine wahre Höhe erst nach einem kräftigen
Schlag auf die Krempe zeigte.
Unvergessen die auf Omas Vertiko stehende
„Horchmuschel", die angeblich das Meeres-
rauschen in sich verewigt hatte. Es handelte
sich aus heutiger Sicht eher um eine
stattliche Meeresschnecke. Wir hatten
Freude daran, die Muschel ans Ohr zu halten
und ein Rauschen wahrzunehmen. Ich ver-

mag nicht zu urteilen, ob das Meeres-rauschen wirklich hörbar war oder ob wir unseren eigenen Pulsschlag und die Atmung wahrnahmen. Opa sagte mir immer: „Hör genau, was sie sagt ‚BRAT-KAR-TOF-FEL, BRAT-KAR-TOF-FEL'. Ich glaubte alles.

Die Gardinen wurden abgenommen, damit auch sie wieder in die Tubben getaucht werden konnten. Natürlich erstrahlten auch bald die Fensterscheiben in frischem Glanz. Der Maler musste manchmal bestellt werden, wenn die Fenster neu gekittet werden mussten, denn manch ein Stück Kitt war durch die Witterungseinflüsse zerbröselt.

Teller, Tassen, Schüsseln und Terrinen stapelten sich auf dem großen Ausziehtisch und wurden erst wieder eingeräumt, wenn die Schrankböden ihre Abreibung bekommen hatten. Meistens breitete Mutti eine neue Lage Schrankpapier auf den Regalböden aus. Das Silberbesteck bearbeiteten wir mit Sidol, um die Patina zu beseitigen. Das Tuch und die Finger waren schwarz nach dieser Arbeit und hatten einen unangenehmen Geruch. Auch Omas Silberbestecke wurden regel-mäßig geputzt, obwohl die nie benutzt wurden. Sie wurden nach dem Putzen sorgfältig in Zeitungspapier verpackt und warteten darin auf den nächsten Frühjahrsputz.

Die Teppiche wurden zusammengerollt, nach draußen gebracht und zum Ausklopfen über die Teppichstange gehängt. Mit dem Teppichklopfer aus Rohr wurden die Teppiche malträtiert, bis sie kein Stäubchen mehr hergaben.

Mutti legte eine Leiter über zwei Stühle, darauf fanden kurzzeitig die Matratzen eines jeden Bettes ihren Platz. Auch ihnen blieb der Kontakt mit dem Rohrklopfer nicht erspart. Die Matratzen waren damals noch dreiteilig und zusätzlich hatten wir ein Keilkissen, durch das der Kopf höher lag. Gefüllt waren die Matratzen zum Teil noch mit Stroh, später mit einer „Rein Rosshaar-Auflage". Auch die Federrahmen mussten ins Freie transportiert werden, damit sie erst ausgebürstet wurden, bevor sie feucht gereinigt werden konnten. Manchmal fanden wir sogar ein kleines Spinnengewebe zwischen den Spiralfedern der Rahmen. Solche Aktionen konnten selbstverständlich nur an regenfreien Tagen vorgenommen werden.

Ob Holz-, Linoleum- oder Stragula-Fußböden – alle wurde mit Bohnerwachs eingerieben und mit dem schweren Bohnerklotz bearbeitet, bis sie spiegelten.

Oma und Opa verließen nur noch selten das Haus, ebenso wenig ihre Ausgehkleidung. Alle Teile wurden deshalb zum Lüften auf die Teppichstange gehängt.

Wenn der Frühjahrsputz beendet war, blitzte und leuchtete alles in neuem Glanz und alles duftete frühlingsfrisch.

Ein Möbelstück aus dem Elternschlafzimmer gab mir immer wieder Rätsel auf: Am Fußende der Ehebetten stand eine rechteckige Truhe, es handelte sich hierbei wohl um ein Hochzeitsgeschenk für meine Eltern. Wenn ich mich heute daran erinnere, so hatte sie eine Ummantelung aus fein gedrehten oder geflochtenen Binsen, die in verschiedenen gedämpften Farben zu einem Muster vereinigt worden waren. Die Truhe war etwas bauchig und hatte an den Schmalseiten zwei Griffstangen. Sorgfältig wurde sie im Frühjahr draußen sauber gepinselt und die leicht verstaubten Außenwände erschienen bald wieder in klareren Farben. Einen Staubsauger gab es für diese Zwecke noch nicht.

In dieser Truhe, die „Wäschepuff" genannt wurde, hatten zusammengerollte Stoffreste ihren Platz und darüber lag die gefaltete dicke Bügeldecke. „Hol mal eben die Bügeldecke aus dem Puff", hieß es häufig.

Als ich etwas größer war und erfahren hatte, was ein Puff ist, rätselte ich, wie die Truhe meiner Eltern damit in Verbindung zu bringen war. Wenn ich mich alleine fühlte, leerte ich die Truhe bis auf das letzte Fetzchen Stoff, aber ich konnte nichts, aber auch gar nichts Anrüchiges darin oder daran finden.

Es ist noch gar nicht lange her, als ich in einem Werbeprospekt einen ähnlichen Sitzhocker - einen Pouf entdeckte. Ob es wohl für Mutti ein Wäschepuff oder ein Wäschepouf war? Leider kann ich sie nicht mehr fragen. Ihre Aufträge kamen mündlich und nicht etwa schriftlich. Ansonsten hätte ich die Frage leicht selbst beantworten können.

Um einen Pouf ging es also, wieder ein Wort, das wir aus dem französischen übernommen haben.

Hobby, Spiel und Unterhaltung

Kaum zu glauben, dass es mal eine Zeit ohne Smartphone, Tablets und ähnliche Dingen gab. Wir spielten früher noch leidenschaftlich, ich spielte am liebsten mit Puppen. Die wurden jedes Jahr zu Weihnachten neu eingekleidet und wenn es gut lief, lag auch ein neues Exemplar unterm Tannenbaum. Dann stand man vor der Wahl: Sollte man das fast kaputt geliebte Püppchen dem neuen vorziehen oder nicht? Unsere Schildkröt Celluloid-Puppen hatten weder Schlafaugen noch echte Haare, also ließen sie sich bedenkenlos baden und waschen. Sie wurden angezogen, wieder umgezogen und im Puppenwagen durch die Gegend kutschiert.

Draußen spielten wir liebend gern, gingen aber auch auf Entdeckungsreise. So nahmen wir einen langen Fußweg in Kauf, um auf die „Frühlingswiese" zu gelangen, denn dort wuchsen im Frühjahr die gelben zarten Himmelsschlüsselchen, eine Primelart, die schon längst unter Naturschutz steht. Wir pflückten ein Sträußchen und brachten es sorgsam nach Hause. An den üppig

Der kleine Heinz im Tubben

wachsenden Buschwindröschen hatten wir auch unsere Freude, aber die überlebten meistens den Heimweg nicht, weil sie schon in unseren Händen welkten.

Wir lagen geduldig bäuchlings im Gras und hielten Ausschau nach einem vierblättrigen Kleeblatt. Glücklich waren wir, wenn die Suche danach erfolgreich gewesen war.

Kriegen und Verstecken war angesagt, aber auch Ballspiele. Völkerball ließ sich damals noch gut auf der Straße spielen, denn nur selten störte dabei ein vorbei fahrendes Auto. Dazu wurden zwei Mannschaften gebildet, die gegeneinander spielten. Zwei Kinder wünschen sich ihr Team zusammen und dann hieß es: „Ich nehme noch Bärbel, Rosi, Manfred oder Ingrid." Nacheinander wurden im Wechsel die Namen aufgerufen. Meiner wurde meistens zuletzt genannt. Kein Wunder, denn ich konnte wegen meiner Fehlsichtigkeit nicht gut fangen, zum Werfen fehlte mir die Kraft und Zielwasser hatte ich auch nicht getrunken. Beim Ballspielen hatte ich immer Angst, dass ein nicht gefangener Ball meine Brille zerbrechen könnte. Wie sehr verletzte es mich, wenn sich die größeren Jungen einen Spaß daraus machten und „Brillenschlange, Brillenschlange" hinter mir herriefen.

Spiele wie „Räuber und Gendarm" oder „Schnitzeljagd" überließ ich lieber den Jungen aus der Nachbarschaft, denn da ging es mir zu wild zur Sache. Hölzerne Stelzen hatten wir in drei verschiedenen Längen. Die mittleren waren immer schnell vergriffen. Auf den längsten zu laufen, erforderte es schon Mut und Gleichgewichtssinn. Und die kleinen, och das war doch Pipifax und machte keinen Spaß. Meistens wartete ich geduldig, bis ich Zugriff auf die mittlere Größe hatte und stolzierte auf ihnen meine Runden.

Im Sommer führte uns der Weg häufiger ins Freibad.

Das Schwimmen habe ich mir dort selbst beigebracht. Mit einem „Leichenzug", Kopf ins Wasser und Arme gerade nach vorn, versuchte ich von der Treppe aus den Startblock zu erreichen. Immer wieder versuchte ich, die Strecke zu verlängern und irgendwie gelangen mir dann auch die ersten

Schwimmzüge. Für die Freischwimmer-
prüfung hat es immerhin gereicht.

Zwei Schwestern: springen sie oder nicht?

Als wir etwas größer waren, flitzten wir mit
den Fahrrädern durch die Gegend. Auf
Kindergeburtstagen vergnügten wir uns mit
Sackhüpfen oder Topfschlagen.
Wir spielten Hinkepinke oder mit bunten
Murmeln, später sogar mit Glasmurmeln.
Seilspringen war ebenfalls eine Lieblings-
beschäftigung. Welch eine Freude, als der

Hula-Hoop-Reifen unsere Hüften und Taillen umkreiste. Sportlich fit hielten wir uns auch mit dem Federballspiel, aber da ging bei mir auch mancher Schlag daneben, weil ich den Ball nicht erkennen konnte.

Unser Vater hatte uns ein stabiles Schaukelgerüst gebaut, aber es stellte sich bald heraus, dass es zu niedrig war. Bald wurde es durch ein wesentlich höheres ersetzt. Jetzt konnten nicht nur meine Schwester und ich, sondern auch viele andere Kinder aus der Nachbarschaft nach Herzenslust schaukeln. In der Mitte hatten unsere Füße bald eine Bremsspur gescharrt, wodurch sich eine längliche Rinne gebildet hatte. Im Winter gossen meine Eltern bei Frostwetter ein paar Eimer Wasser in diese Rinne und wir freuten uns über eine perfekte Glitsch- oder Rutschbahn. Oft stand das blanke Eis auf dem gegenüberliegenden Feld, das uns noch mehr zum Glitschen und Rutschen animierte. Egal, ob Sommer oder Winter – wir sind sicher oft mit roten Wangen wieder nachhause gekommen.

Ich liebte Brettspiele wie „Mensch ärgere dich nicht", „Halma", „Mühle", „Das lustige

Pferderennen" und „Das lustige Topfspiel"
mit dem „Pisspott" in der Mitte.
Kartenspiele wie „Schwarzer Peter",
„Quartett" und „Hohnendreier um een
Schluck" haben wir leidenschaftlich gern
gespielt, sogar manchmal noch mit Oma und
Opa.

Sonntags, kurz nach Mittag, fieberten wir
dem neuen Stück entgegen, dass im Radio
im Kinderfunk gesendet wurde. „Emil und
die Detektive" habe ich noch in Erinnerung
und auch „Kalle Blomquist, der
Meisterdetektiv".

Manchmal durften wir ins Kino und das war
jedes Mal ein besonderes Erlebnis für mich.
Ein Fernsehgerät bekamen wir erst Anfang
der 60-Jahre. Vorher hatten wir häufiger die
Möglichkeit, bei Verwandten, Freunden oder
Bekannten in die Flimmerkiste zu schauen.

Neulich erinnerte ich mich noch an ein selbst
erdachtes Spiel, an dem wir unsere helle
Freude hatten. Beim Milchwagen gab es
Bockhooper Kochkäse, der cellophan-
verpackt dicht an dicht liegend aus flachen
Holzkisten angeboten wurde. Dieses Leergut
versuchten wir zu ergattern und richteten

darin unsere Drogerie ein. Im Sortiment hatten wir leere Verpackungen von Zahnpasta, Rasier- oder Frisiercreme, leere Schuhputzcremedosen und geleerte Fläschchen 4711, Uralt Lavendel oder Mouson-Gesichtswasser. Wo immer wir derartiges ergattern konnten, nahmen wir es mit und erweiterten unser Angebot. Heute weiß ich allerdings nicht mehr, welche Art Geld in unserer Kasse klingelte.

Von Langeweile war also keine Spur zu finden.

Noch ein Badevergnügen im Tubben: Angelika mit Bernd und einem Freund

Ausflüge

Ausflüge wurden damals in unserer Familie eher selten geplant. Immerhin traute sich meine Schwester, in den Ferien ein paar Tage bei Tante und Onkel in Bremen zu verbringen. Ich war eher Bangebüx und blieb lieber zuhause. Vielleicht lag es daran, dass ich als kleines Mädchen schon mehrere Krankenhausaufenthalte hinter mir hatte und es schlimm fand, nicht im eigenen Bett schlafen zu können. Immerhin wünschte ich mir zu Weihnachten einen kleinen Koffer und dachte wohl „Bereit sein ist alles". Ich bekam auch einen: Einen roten aus Pappmaché und nicht, wie ich meinte, aus echtem Leder. Weiße Steppnähte verzierten mein neues Schätzchen. Der Koffer war höchstens 40 x 30 cm groß und 10 cm hoch und reichte gerade für ein Nachthemd, ein Höschen und eine Zahnbürste. Da keine Reise anstand, konnte ich andere schöne Dinge in meinem Köfferchen verstauen. Von Mutti bekam ich zwei leere hölzerne Nähgarnrollen, die ich als erstes in den Koffer packte.

„Gögginger" stand auf der einen Rolle, das konnte ich schon lesen. „Gögginger"! Wie das klang! Mit viermal G im Namen! Das gurgelte fast in der Kehle, wenn man dieses Wort aussprach. Leider klebte auf der zweiten Rolle kein Name, also musste ich einen erfinden und grübelte darüber nach.

Der Zufall sollte mir zur Hilfe kommen. Vom Fenster aus erkannte meine Oma eine junge Frau, die vor ein paar Jahren nach Bremen gezogen war und bei der die ländliche Herkunft nicht mehr erkennbar war. Oma, die nur plattdeutsch sprach, berichtete Mutti: „ Ik heb eben Berta sehn. De güng recht etepetete!" Damals konnte ich ja noch nicht googeln, um etwas über dieses kuriose Wort zu erfahren. Mir war es auch egal. Hauptsache, ich hatte einen Namen für die zweite Holzrolle gefunden. Lange kullerten „Gögginger" und „Etepetete" in meinem roten Köfferchen um die Wette.

Einen größeren Koffer gebrauchte ich, als ich mit 9 Jahren nach Bad Salzuflen und mit 13 Jahren nach Bad Sachsa zur Kinderkur geschickt wurde. Auch für Schulausflüge nach Vlotho und Norderney reichte mein kleines rotes Köfferchen beileibe nicht aus.

Ich liebte die kleineren Ausflüge viel mehr. Spaziergänge mit meinen Eltern und Rosi genoss ich sehr. Besonders, wenn wir unterwegs einkehrten und eine Flasche Sinalco genießen durften. Radtouren waren angesagt, mal waren es längere, mal nur kurze.

Ein besonderes Highlight war es, wenn unser Vater einen Leihwagen mietete und wir zu viert und manchmal zu sechst einen Ausflug unternahmen. Zusammen mit den Großeltern besuchten wir einmal Omas Schwester und deren Mann auf ihrem Bauernhof. Ich staunte nicht schlecht, denn da gab es sogar ein modernes blau gefliestes Badezimmer. In diesem Raum stand auch ein alter Waschtisch mit schwerer Marmorplatte. Darauf lagen zwei blaue Tüten nebeneinander, deren Inhalt platt gedrückt war. Ich war mir ganz sicher, diese Tüten waren für mich und meine Schwester bestimmt. Aber nichts passierte, wir bekamen die Tüten nicht überreicht. Immer wieder zog es mich aus zwei Gründen in dieses Badezimmer. Erstens fand ich die blau geflammten Kacheln so wunderschön und zweitens zogen mich die beiden geheimnisvollen Tüten magisch an. Als ich es gar nicht mehr aushalten konnte, warf ich nicht nur einen Blick in eine der Tüten, sondern steckte auch meine Nase tief hinein. Puh, das stank ja abscheulich! Irgendein zähes schwarzes Zeug steckte in den Tüten. Von meinen Eltern erfuhr ich später, dass es sich bei dem Inhalt um Onkel Heinrichs Priem oder Kautabak handelte. Dann machte es „klick" bei mir und ich wusste, weshalb Onkel Heinrich häufig so schwarze Mundwinkel hatte.

Unvergessen blieben die kurzen Trips an den Dümmer See, nach Hoya oder nach Minden, wo wir die Schleuse und das Kaiser-Wilhelm-Denkmal besichtigten.

Anfang der 60-er Jahre hatten meine Eltern ein eigenes Auto gekauft, einen NSU-Prinz.

Stille

Früher war es viel, viel stiller als heute. Der spärliche Autoverkehr verursachte in den 50-er Jahren kaum störenden Lärm. Hin und wieder fuhr ein Auto vorüber, dem man fast sehnsüchtig hinterher schaute. Ab und zu tuckerte ein Deutz-Trecker oder sogar ein Lanz-Bulldog vorbei.

Mein Vater arbeitete in Hoya und erreichte seinen Arbeitsplatz per Motorrad. Von montags bis freitags blieb er dort. Wir erwarteten ihn am Freitagabend gegen 17 Uhr voller Sehnsucht und lauschten lange vorher, ob wir das markante Motoren-geräusch schon hören konnten. Wenn das der Fall war, rannten wir ihm entgegen. Ungefähr 150 Meter schafften wir im Dauerlauf, bis wir unseren Papa endlich wieder sehen konnten. Meist thronte ich auf dem Tank, meine Schwester auf dem Rücksitz, wenn wir im Schritttempo nach Hause fuhren.

Mutti hatte sich einmal beim Fensterputzen am Musikantenknochen gestoßen, was ja bekanntlich höllisch schmerzen kann. „Das hat so weh getan, ich konnte die Engel im Himmel singen hören!", jammerte sie. Darauf rannte ich sofort ans offene Fenster, konnte aber keinen Engelsgesang mehr hören. Scheinbar waren die schon wieder weg und ich war sehr enttäuscht. Nebengeräusche, lauter als die erhoffte Musik, gab es in dem Moment nicht.

Trällert heute das Radio ständig, wenn jemand im Hause ist, so war das früher bei uns ein Unding. Das Radio wurde abends eingeschaltet, um die Nachrichten zu hören. Vielleicht gab es ein Hörspiel, manchmal sogar ein plattdeutsches, das wir interessiert verfolgten. Von Zeit zu Zeit wurden sogar Livekonzerte übertragen. Sonntags warteten wir gespannt auf den Kinderfunk, der um 14 Uhr Spannung erwarten ließ. Vorher war es unumgänglich – wir mussten erst so manche Ouvertüre zur Oper über uns ergehen lassen. Der Begriff „Köchel-verzeichnis" prägte sich ein, aber damals wusste ich noch nicht, dass Ludwig Köchel einst mit diesem Verzeichnis Ordnung in Beethovens Werke brachte.

Am Sonntagmorgen gönnten wir uns das Hafenkonzert. Unvergessen ist heute noch die Sendung „Gruß an Bord", in der Weihnachtsgrüße an die Seeleute übermittelt wurden, die zum Fest nicht in der Heimat sein konnten. Die getragene Stimme des Sprechers habe ich heute noch im Ohr.

Und wenn uns das Leben noch so ruhig und still erschien, wurden wir manchmal durch ungewohnt lautstarke Geräusche aus unserer heilen Welt gerissen. Das konnten aus meiner Erinnerung heraus drei verschiedene Gründe sein. Zum einen war es das Donnergrollen, das ein heftiges Sommergewitter begleitete. Zum anderen waren es Militärfahrzeuge, die im Frühjahr und im Herbst beim Manöver durch die Straßen fuhren. Das dumpfe Grollen der Panzer hörte man schon von weitem und dieser Krach raubte uns in mancher Nacht den Schlaf. Manchmal wurden die Panzer in unserem Bahnhof auf einen Güterzug verladen. Das war für die Kinder immer wieder ein Anziehungspunkt, aber ich hielt mich aus Respekt vor den dunkelgrünen Kolossen lieber in einiger Entfernung auf. Mit Aussagen wie: „Die sollen uns beschützen" konnte ich nicht viel anfangen. Wir hatten doch keine Feinde! Wer sollte uns schon etwas tun?

So mancher sehr laute Knall ließ uns hochschrecken, wenn ein Starfighter die Schallmauer durchbrochen hatte. Schneller als der Schall! Pah, das mochte ich kaum glauben. Den Flieger, den konnte ich sehen, den Schall dagegen nicht. Wer wollte den Wettkampf entscheiden? Im Physik-Unterricht habe ich die Zusammenhänge aber schnell kapiert.

Heute gibt es selten noch ganz stille Momente, denn das Motorengeräusch eines Fahrzeugs oder Rasenmähers aus der Nähe oder aus der Ferne ist meistens zu hören. Zum Glück hören die Lärmquellen, verursacht durch Panzerketten auf der Straße oder durch Überschallflugzeuge der Vergangenheit an.

Der große Garten

…war Opas Ding. Er säte und pflanzte und hielt die Beete frei von Unkraut.

Im Vorgarten waren die Beete von einer kleinen Buchsbaumkante umgeben. An Schneeglöckchen, Krokussen, Maiglöckchen, Osterglocken, Narzissen und Primeln konnte man sich satt sehen. Eine kunterbunte Staudenmischung zeigte die Blüten: Akelei, Klatschmohn, tränendes Herz, Hortensien, Pfingstrosen, Rittersporn und viele mehr. Die Edelrosen gediehen prächtig und ihre Blüten leuchteten in rosa, rot oder gelb. Es schien, als stünde der Birnbaum auf einem grünen Teppich. Dabei handelte es sich hier um ein herrlich duftendes Beet mit zarten Waldmeisterpflänzchen.

Irgendwo hatte Opa zwischen den Blumen seine Gartenzwerge versteckt, die er selbst aus Zement hergestellt hatte. Die Figuren waren ungefähr 80 cm hoch und erhielten in jedem Frühjahr ein neues Farbkleid. Außer den Zwergen gab es noch das Rotkäppchen

Die beiden Zwerge mit Blick gen Osten, auf die aufgehende Sonne.

mit dem Wolf, einen Hund und ein Reh. Die Figuren überwinterten im sechseckigen

Gartenhaus, das Opa ebenfalls selbst entworfen und errichtet hatte.

Hinter dem Haus befand sich der riesige Gemüsegarten, ebenfalls Opas Reich.

Samen von Spinat, Karotten, Scherkohl und Radieschen hatte Opa schurgerade ins Erdreich gesät. Kohlrabi und Kohl wurden angepflanzt. Leider kam es manchmal nicht zur Ernte, weil gefräßige Raupen sich der saftigen Blätter angenommen hatten.

Erbsen, Bohnen, Stangenbohnen und große Bohnen wurden gelegt und bereicherten nach der Ernte unseren Speiseplan. Wie lecker schmeckten uns die zarten Erbsen, frisch gepflückt, ausgepuhlt und aufgegessen. Sozusagen vom Strauch direkt in den Mund! So manches Mal vertrieb uns dabei der Erbsenbock, eine unheimliche Gestalt, die plötzlich aus dem Nichts erschien. Ein paar Jahre habe ich wirklich an den Erbsenbock geglaubt, bis ich einmal Oma entdeckte, die sich ihre schwarze Schürze mit dem kleinen weißen Blumenmuster über den Kopf gezogen hatte und schaurige Geräusche von sich gab.

Eklig fand ich es – und jedes Jahr musste ich es ausgerechnet wieder sehen – wenn Opa den Jaucheschöpfer füllte und den Inhalt in einem alten Zinkeimer ausleerte. Einen Tag lag wurden Pflanzschalotten und Zwiebeln darin getränkt, bevor sie in die Erde gesteckt wurden. Wenn es dann später wieder einmal hieß: „Hol mal eben zwei Zwiebeln aus dem Garten", schnupperte ich erst mal daran. Zum Glück rochen sie nur nach Zwiebel und nicht mehr nach Jauche.

Es fehlte kaum etwas: Die Gurken hatten ihren Platz bekommen, der Rhabarber gedieh wie in jedem Jahr. Petersilie, Schnittlauch und Pfefferminze fehlten auch nicht.

Die Gurken bekamen eine Sonderbe-handlung: Die kleinen Samenkerne wurden sorgsam zwischen eine befeuchtete alte zusammengefaltete Wollsocke gelegt. Auf der Fensterbank oder draußen in der Sonne sollten sie vorkeimen. Es dauerte nicht lange, bis die Kerne prall wurden. das heißt, nicht alle, denn einige konnten nicht zum Leben erweckt werden, sie blieben platt wie die Flundern. Es war wichtig, den richtigen Pflanzzeitpunkt zu erwischen, denn wenn sich der zarte Keimling erst in der Wolle verwachsen hatte, war er nicht mehr zu retten. Nachdem die Gurken dann im Freiland die ersten Blätter bekommen hatten, fuhren wir mit dem Fahrrad los, um ein paar Zweige Ginster zu pflücken. Vermutlich sollten die duftenden gelben Blüten irgendwelche Schädlinge von den Gurken vertreiben.

Wie lecker schmeckten uns die saftigen Erdbeeren und die Himbeeren.

Das größte Stück Land wurde für den Anbau von Kartoffeln genutzt. Hier durften wir manchmal bei der Pflanzaktion und im Herbst bei der Kartoffelernte helfen. Unvergessen ist auch die Jagd auf Kartoffelkäfer. Mit einem Glas mit Schraubverschluss machten wir uns auf die Suche nach den gelb-schwarzen Schädlingen. Auch die rötlichen prallen Larven verschwanden im Glas, ebenso die gelben Eiernester, die unter den Blättern abgelegt worden waren. Den blöden Käfern, einst im 3. Reich als biologische Waffe eingesetzt, wurde nachgesagt, dass sie in kurzer Zeit ganze Kartoffelfelder vernichten konnten.

Also, weg damit! Auf welche Weise die Erwachsenen unsere Beute unschädlich gemacht haben, ist mir verborgen geblieben. Für uns bedeutete das immerhin etwas Taschengeld, denn für jeden Käfer und für zwei Larven bekamen wir einen Pfennig. Da kam man schon leicht in Verlegenheit, auch mal beim Nachbarn zuzugreifen.

Ich habe immer noch den Geruch in der Nase, wenn nach der Ernte das welke Kartoffelkraut angezündet wurde. Unter der Glut garten Kartöffelchen, die wunderbar schmeckten.

Es war schon ärgerlich, wenn Schädlinge sich ihren Platz in unserem Garten suchten. Zahlreiche Raupen des Kohlweißlings bedienten sich in manchen Jahren an den Kohlblättern und ließen die Pflanzen verkümmern. Schwarze Blattläuse saßen auf den Großen Bohnen und das sah auch nicht gerade lecker aus. Doch die Industrie bot ja Abhilfe: E605 war frei verkäuflich und dieses Insektengift wurde großzügig mit Erfolg eingesetzt. Zum Glück ist alles gut gegangen und uns hat es offensichtlich nicht geschadet.

Natürlich muss ich noch auf die Kirsch- und Pflaumenbäume hinweisen und auch darauf, dass in manchem Jahr ein Starkregen oder ein Gewitterschauer die reifen Kirschen zum Platzen gebracht hatten. Der Fäulnisprozess setzte dann sehr schnell ein, so dass es nicht mehr möglich war, die Kirschen zu verwenden.

Die Verwertung der geernteten Früchte und des Gemüses war Sache von Mutti und Oma. Kurz nach meinem 6. Geburtstag fiel Oma nach einem Schlaganfall in dieser Hinsicht aus und die Arbeit blieb allein in Muttis Hand, wobei wir Kinder sie nach mancher Aufforderung „Hol mal eben" unterstützten. In der Einmachzeit ging es heiß her, im wahrsten Sinne des Wortes. Die Bohnen wurden zunächst gepflückt und von dem oberen und unteren Zipfelchen befreit. Bei einigen Sorten mussten noch die lästigen harten Fäden gezogen werden. Erst dann wurden die Bohnen gewaschen, in passende Stücke geschnitten oder geschnippelt und vorgekocht. Nach dem Abkühlen füllte Mutti die Bohnen in die sorgfältig gespülten Gläser. Zwei Stunden lang kochten sie im Einkochapparat in der ohnehin schon sommerheißen Küche. Zum Glück brauchten Kirschen, Erdbeeren und Gurken nur eine kürzere Einkochzeit.

Im Keller füllte sich Regal um Regal mit den Köstlichkeiten, die uns durch das Jahr brachten.

Obwohl ich im Dezember 1945 geboren wurde, musste ich zu keiner Zeit hungern. Der Ertrag aus dem großen Garten, das Fleisch der selbst gemästeten Schweine und nicht zuletzt Milch, Käse und Butter unserer Ziegen hat unsere Familie satt gemacht.

Mutti verstand es, uns Zunge schnalzend richtig Appetit auf das Essen zu machen. Sie schwärmte vom ersten frischen Rhabarber, den sie kochte und mit Vanillepudding bedeckte. Mir hätte der Rhabarber schon gereicht, denn ich mochte schon damals weder Milch noch Vanillepudding mit Eischnee.

Manchmal war der Speiseplan eher eintönig, denn wenn der Weißkohl geerntet werden konnte, gab es eben Weißkohl, manchmal sogar leckere Kohlrouladen. In der Bohnenzeit standen Bohnensuppe oder gestovte Bohnen auf dem Programm und sonntags schmeckte uns ein leckerer Bohnensalat. So ging es natürlich auch mit anderen reifen Obst- oder Gemüsesorten. Es wurde gegessen, was die Saison eben bot.

Es war eine Heidenarbeit, die Erbsen zu pflücken und sie auszupulen. Nach der mühseligen Tätigkeit verschwanden die zarten Erbsen im Weckglas und wurden eingekocht. Ausgerechnet bei den Erbsen konnte es passieren, dass sich ein Glas wie durch Zauberhand öffnete und der Inhalt verdorben war. Bedauerlich, denn dann war die Mühe umsonst gewesen.

Wie oft verschenkte Mutti ein Glas Eingewecktes, aber immer mit dem Zusatz: „Bringt mir bitte das leere Glas zurück."

Sicher gab es in Eintopf- oder Kohlgerichten eine Fleischeinlage, die aber im Vergleich zur heutigen Zeit eher bescheiden war.

Drei verschiedene Bäcker boten ihre Backwaren bei uns an der Haustür an. Mutti versuchte immer, gerecht zu sein und allen etwas Brot oder mal ein Stück Kuchen abzukaufen. Ihnen verkaufte sie im Gegenzug so manchen Eimer voll Kirschen, Erdbeeren, manchmal auch Johannis- und Stachelbeeren. Auch der leckere rote Rhabarber war von den Bäckern sehr gefragt.

In einem Sommer kündigte sich eine Veränderung an: Opa und Mutti waren sich scheinbar nicht einig, wie viel Gurken und Bohnen gelegt werden sollten. Meinen Eltern stand ohnehin wohl auch der Sinn nach einem Garten, den sie in eigener Regie bearbeiten konnten. Die Erwachsenen einigten sich und meine Eltern knapsten ein Stück vom Ackerland ab, auf dem sonst Getreide oder Kartoffel gediehen. Opa frohlockte schon, denn der übliche Zeitpunkt zum Bohnenlegen war schon längst überschritten. Der Sonnengott war meinen Eltern aber hold und bescherte ihnen noch eine reiche Ernte. Bald hieß es wieder: „Hol mal eben den Tubben runter!"

Der „Gurkendoktor" Willy mit seinen Töchtern

Einer reichte nicht, es musste noch ein zweiter her, um die reifen Gurken zu transportieren. Die verarbeitete Mutti wieder zu ihren berühmten Aziagurken.

Im neuen kleinen Gärtchen blühten noch bunte Astern und Dahlien. Eins war hier aber nicht möglich: Versteckspielen. Das ging allerdings bestens hinter den Rhabarberstauden mit den riesigen Blättern und zwischen den Stangenbohnen im großen Garten.

Uns Kindern war es damals nicht klar, dass wir wie im Paradies wohnten.

Landwirtschaft

Fast war ich der Meinung, ich könne nichts über das Thema Landwirtschaft schreiben, weil ich zu wenig davon weiß. Als ich jetzt auf einer Wiese eine große Anzahl riesiger Ballen mit gepresstem Heu sah, wurden mir die Unterschiede bei der Heuernte zu der aus den 50-er, 60-er Jahren bewusst.

Auch wir hatten früher etwas Land, ein Stück Ackerland hinter dem Haus und ein Stück, teils Wiese, teils Ackerland im Siek, etwa 500 m von unserem Wohnhaus entfernt. Hier hatten nahezu alle Anwohner unserer Straße ein Stück Land zu versorgen. In erster Linie waren wir Selbstversorger, hatten aber auch einen kleinen Nebenerwerb.

Es liegt immer im Auge des Betrachters, ob etwas groß oder klein erscheint. Wenn Opa und Vati die Wiese im Siek mit der Sense zu mähen hatten, erschien sie ihnen vermutlich riesengroß. Oft waren wir Kinder dabei und suchten nach seltenen Gräsern und Blumen: Zittergras, Wiesenschaumkraut und Fleisch-blume mit den bizarren Blüten, die eigentlich Kuckucks-Lichtnelke heißt. Sie alle fielen bald der Sense zum Opfer. Das gemähte Gras musste jetzt trocknen, wurde ausgebreitet und abends wieder zu Reihen zusammengeharkt. Wenn Aussicht auf Regen bestand, wurde das Heu zu Haufen aufgetürmt. Das Heuen war Sache der Frauen und es konnte manchmal tagelang dauern, bis das Gras zu Heu getrocknet war. Mehrfach täglich machten sich Mutti und Oma auf den Weg zum Siek, aber wir begleiteten sie nicht jedes Mal. Manchmal blieben wir zuhause und heckten irgendetwas aus.

Allzu gern nutzte ich diese Zeit, schnappte mir eine Scheibe Schwarzbrot, bestrich sie mit Margarine (was ich sonst nicht durfte) und belegte sie mit frischen Radieschenscheiben. Genau das machte ich auf dem Gossenstein in der Waschküche. Weshalb gerade da? Ich habe keine Erklärung dafür.

Das fertige Heu transportierten wir im vollgepackten Handwagen und verstauten es auf dem Stallboden. Da kamen schon ein paar Fuhren zusammen.

Heu diente als Futter für Gundi, Erika und die Hörnerziege und als weiche Auflage auf deren Strohlager. Abends hörte man häufig das unverkennbare Geräusch vom Dengeln oder Schärfen der Sensen.

Heuernte früher - ca 1950

Wechselweise wurden auf dem Ackerland Getreide, Winterkartoffeln oder Rüben angebaut. Das Getreide, meist Roggen, wurde an die Schweine verfüttert, aber es war ein langer Weg vom Saatkorn bis in den Schweinetrog.
Das Saatgut wurde von Vati aus einer speziellen Zinkwanne gestreut. In gleich-

mäßigen Schritten lief er über das Land, griff eine Handvoll Saatgut und verteilte es, indem er eine weite Armbewegung machte und die Körner dabei aus der Hand rinnen ließ. Jedes Jahr bangten die Erwachsenen um die Ernte, denn ein starker Gewitterschauer konnte die Halme abknicken. Wenn es schlimm kam, lagen die Ähren auf der Erde und konnten nicht weiter reifen. Damals war das Stroh noch wesentlich länger. Heute ist das Stroh „einen Knoten" kürzer als früher, denn für Langstroh gibt es heute kaum noch Verwendung. So wurde einfach ein Stück weggezüchtet und die kürzeren Halme trotzen Sturm und Regen besser. Stroh fand in früheren Zeiten vielseitig Verwendung: Strohmatten, Strohhalme, Strohhüte und Malotten aus Strohhülsen als Verpackung für Wein- und Sektflaschen. Wir nutzten unser Stroh als Bett für die Schweine. Täglich musste die Lage Stroh, vermischt mit „Schweineschiet" aus dem Stall gebracht werden. Die Mischung landete zunächst auf dem Misthaufen und wurde im Herbst in Opas Garten untergegraben. Ebenso bekamen die Ziegen ihren Teil Stroh ab.

Es war schon etwas Besonderes, auf ein wogendes Kornfeld zu schauen und den Duft des Getreides zu schnuppern. An den Feldrändern behaupteten sich neben blauen Kornblumen, rotem Klatschmohn und weißen Margeriten viele andere Gräser und Wiesenblumen, die sich zu Opas Leidwesen gern mit unter das Getreide mischen wollten. War das Getreide reif, wurde es mit der Sense gemäht. Das war wieder harte Männerarbeit und so half oft noch jemand aus der Nachbarschaft dabei. Die Frauen, meist mit einem hellen Kopftuch ausgestattet, hatten die Aufgabe, Garben zu binden. Eine packte ungefähr zwei Armvoll von dem gemähten Getreide, eine zweite drehte aus einer Handvoll Stroh quasi ein Bindeband und knotete dies in der Mitte der Garbe zusammen. Die fertigen Garben wurden zu Hocken aufgestellt. wobei sie knapp einen Meter auseinander platziert wurden. Die „Köpfe" mit den wertvollen Körnern in den Ähren stießen aneinander und stützten sich gegenseitig.

Getreideernte mit den Großeltern und Tante Beuke (?)

So trockneten die Garben ein paar Tage lang je nach Wetterlage mal mehr, mal weniger.

Vati bemühte sich bei den hiesigen Bauern um ein Pferdegespann, um die Ernte aufzuladen und zum Dreschen zur Strohfabrik zu bringen. Stroh und Körner kamen danach getrennt auf unseren Stallboden.

Mit einer Winde wurden die vollen Kornsäcke nach oben gezogen und zur weiteren Trocknung ausgebreitet, denn nasses Korn konnte leicht schimmeln. Auch der Strohvorrat wurde auf den Boden verfrachtet.

Ländliche Idylle, die Eschenhäuser Mühle

Doch zunächst zurück auf unseren Boden. Wir schaufelten die abgetrockneten Körner in große Getreidesäcke, die etwa zwei Zentner fassten, ließen diese mit der Winde wieder nach unten und brachten sie im Handwagen zur alten Windmühle nach Eschenhausen. In der Mühle knarrte das

Holz im Gebälk und unerbittlich wurden die Körner zwischen den schweren Mühlsteinen zermahlen. Später holten wir das Mehl wieder ab, das jetzt mit Wasser angerührt in den Schweinetrog kam. Offensichtlich schmeckte es dem Vieh, denn der Trog war meistens blitzeblank geleckt. Und sollten sich doch noch ein paar Reste in einem Winkel versteckt haben, bediente sich das eine oder andere Mäuschen davon.

Manchmal wurden auf dem Ackerland Kartoffeln angebaut, eher selten einmal Rüben.

Die Kartoffeln wurden in die warme Frühjahrserde gelegt und man hoffte, dass kein Bodenfrost das erste Grün vernichtete. Waren die Pflänzchen groß genug, wurden die Kartoffeln angehäufelt. Dazu wurden mit einem speziellen Gartengerät, ähnlich einer Pflugschar, tiefe Rillen zwischen die Reihen gezogen. Jetzt konnte Regenwasser besser abfließen und es ersparte vorwitzigen Kartoffeln, grün und somit ungenießbar zu werden.

„Die Kartoffel ist eine Hackfrucht", sagte Opa immer und so sah man ihn oft zwischen den Reihen, wo er mit einer Hacke das Unkraut unschädlich machte. War im Herbst das Kartoffelkraut abgestorben, war Kartoffelernte angesagt. Hier kam eine schwere Hacke zum Einsatz, die von den Männern mit voller Kraft ins Erdreich neben die Kartoffelpflanzen gestoßen wurde. Mit dem breiten Blatt der Hacke wurden die Kartoffeln, umgeben von viel schwarzer Erde, ans Tageslicht befördert. Es entstand eine lange Reihe, aus der die Kartoffeln jetzt aufgesammelt werden konnten. Hier durften (oder mussten) auch wir Kinder wieder helfen. Auf Knien bewegten wir uns vorwärts, einen Drahtkorb vor uns her schiebend, der sich langsam füllte. Meist schob die rechte Hand die aufgebrochene Erde nach links und sammelte jede Kartoffel auf, die zu erblicken war. dann schob die linke Hand die nächste Portion wieder nach rechts und schon war die tiefe Furche fast wieder geschlossen. Wir wurden immer wieder dazu aufgefordert, auch die kleinsten Kartoffeln aufzusammeln. Sollten sie auf dem Feld liegen bleiben, so könnten sie als

Saatkartoffeln dienen und im nächsten Jahr das Kornfeld verunzieren.

Im Handwagen brachten wir die Kartoffeln zum Haus, leerten ihn in einer Hausecke, um dort die Knollen trocknen zu lassen, bevor sie auf einer hölzernen Rutsche in die im Keller stehende Kartoffelkiste transportiert wurden.

Zuvor wurden kleine und angeschlagene Exemplare aussortiert, die für die Schweine gekocht wurden.

Natürlich blieb es nicht bei einer Ladung Kartoffeln. Da kamen schon einige Fuhren zusammen, wenn es eine gute Ernte war. Wenn wir unseren Teil gesichert hatten, boten wir die überschüssigen Kartoffeln zum Verkauf an. Ich erinnere mich noch daran, dass Vati eines Abends mit einem geliehenen Lkw von der Arbeit kam. So transportierte er unsere beliebten Bio-Kartoffeln zu seinen Kollegen, die sie bei ihm geordert hatten.

Wenn Säcke benötigt wurden, dann wurde präzisiert und es hieß: „Hol mal eben ein paar Kartoffelsäcke", oder „Hol mal eben einen Getreidesack".

Die Kartoffelsäcke waren aus brauner Jute und ziemlich grobmaschig, damit lose Erde aus den kleinen Löchlein fallen konnte.

Getreidesäcke waren aus grobem Leinen gewebt. Die waren so dicht, dass auch nicht ein Körnchen entweichen konnte. Oft war hier sogar der Name des Besitzers aufgedruckt, für mich ein Zeichen, wie wertvoll der Inhalt eines solchen Sackes war.

Die Zeit in der „der Bauer im Märzen die Rösslein anspannt", ist längst vorbei, aber nicht vergessen.

Was würden unsere Eltern und Großeltern dazu sagen, wenn sie heute auf blühende Raps- und riesige Maisfelder schauten? Extra hoch gezüchteter Mais, der nicht für Futterzwecke vorgesehen ist, sondern zur Energiegewinnung angebaut wird? Wie würden sie über die überdimensionalen Erntemaschinen staunen, die wegen ihrer Breite ein Überholen auf der Landstraße unmöglich machen. Diskussionsstoff lieferte ihnen sicher so manches landwirtschaftliche Gerät, welches dem Landwirt heute die Arbeit erleichtert und meist über

Lohnunternehmer geordert wird. Bestimmt würden meine Vorfahren beim Einsatz der riesigen Pumptankwagen, die über Schleppschläuche die Gülle aufs Land bringen, ihre Nasen rümpfen.

Vielleicht tun sie es ja auch, wenn sie von oben zuschauen.

Wie gut, dass die Zeit nicht stehenbleibt, aber der Fortschritt kam ganz schön rasant.

Noch eine Tubben-Geschichte zum Abschluss

An einem sommerlichen Samstagabend waren meine Eltern zu einer Feier eingeladen, die in der Kneipe fast nebenan stattfand. Rosi, (18) und ich (15) planten ein gemütliches Bad in der Waschküche, denn ein Badezimmer hatten wir zu diesem Zeitpunkt noch nicht. Hier mussten wir nicht aufpassen, wenn das Wasser mal über den Wannenrand schwappen sollte. Wir beide sahen das als Wellness-Bad an, denn eine wusch der anderen die Haare und etwas Rückenkraulen war auch mit im Spiel.

Es war ein sehr heißer Tag im Frühsommer gewesen, aber die Hitze wurde gegen Abend durch ein starkes Gewitter unterbrochen. Mutti hatte einen der kleineren Tubben unter das Regenrohr gestellt, um am Montag das weiche Regenwasser für die Wäschespülung zu nutzen.

Rosi hatte schon lange einen Verehrer, den sie von gemeinsamen Zugfahrten zum Arbeitsplatz kannte. Es hatte sich eine nette Clique junger Menschen gefunden, die viel

Spaß miteinander hatten. Auf die Annäherungsversuche des jungen Mannes aus der Nachbarstadt ging Rosi nicht ein, denn sie hatte ihr Herz schon längst vergeben. Wer weiß, vielleicht hat sie sich heimlich doch auch etwas geschmeichelt gefühlt.

Der besagte junge Mann wollte nun den Angriff wagen und hatte sich mit seinen Freunden schon etwas (oder etwas mehr) Mut angetrunken. Wo genau seine heimliche Liebe wohnte, wusste er nicht. Deshalb kehrten sie in eben der Kneipe ein, in der unsere Eltern feierten. Der junge Mann fragte den Wirt nach Rosis Adresse, der darauf den Finger auf den Mund legte und flüsterte: „Psst, die Eltern sitzen dort." Schließlich hat der Kneipier doch unsere Hausnummer verraten.

Rosi und ich hatten gerade die Bade-zeremonie beendet, als wir plötzlich lautes Poltern hörten. Vermutlich haben Oma und Opa nichts davon mitbekommen, weil sie bereits schliefen. Ein paar junge Männer schlichen ums Haus und Rosi erkannte erschrocken die Stimme ihres Verehrers.

Inzwischen hatten wir alle möglichen Lichtquellen gelöscht, versuchten aber doch, einen Blick vom Geschehen zu erhaschen.

Die jungen Männer zogen lärmend um die erste Hausecke. Um weiter voran zu kommen, musste eine kleine Pforte geöffnet werden. Plötzlich bekam der liebestolle junge Mann einen gehörigen Schrecken, als er sich dem großen Schäferhund gegenüber sah. Die dunklen Gewitterwolken ließen es zunächst nicht zu, dass er Opas Zement-Hund erkannte. Panikartig wollte er fliehen und versank dabei mit den Schuhen in der frisch gegrabenen und vom Gewitterregen aufgeweichten Erde neben dem Gartenhaus. Von drinnen konnten wir nicht nach-vollziehen, was da draußen gerade passiert war. Als er den gefüllten Tubben unter dem Regenrohr sah, wusch er sich kurzerhand Schuhe und Strümpfe darin.

Für Mutti blieb es ein Rätsel, weshalb ihr Spülwasser so verschmutzt war. So etwas hatte sie noch nie erlebt.

Rosi und mir hatten die Herzchen an diesem Abend vor lauter Aufregung ganz schön geklopft.

Was dieser Tubben wohl schon alles erlebt hat?
Heute steht er in Petras Garten-Paradies

Christa Bohlmann
geb. 1945, verheiratet, Bankkauffrau
seit Jan. 2008 im Ruhestand

Alle Bücher erhältlich unter
www.bohlmann.jimdo.com
werden portofrei zugeschickt

Bereits veröffentlicht:
2000 **Erinnerungen**
      Heitere Schmunzelgeschichten aus den
      50er/60er-Jahren
      Eigenverlag

2001 **Mixed-Pickles**
      Anekdotensammlung:Wirkliches,
      Erlauschtes. Erlebtes, Erdachtes
      Eigenverlag

2002 **Kein Schatten ohne Licht**
      Diagnose Brustkrebs
      BoD ISBN 3-8311-4268-8

2003 **Die Buschs**
Blicke hinter die Kulisse einer
Kleinstadt-Idylle, Roman
BoD ISBN 3-8311-4926-7

2005 **Kalle Korn**
Aus dem Leben eines Ermittlers,
Roman
BoD ISBN 3-8334-2589-X

2006 **Bad Meinberg – einmal anders**
gesehen
Fantastische Erzählung
BoD ISBN 9-783837-024462-3

2009 **Weihnachtliche Herzenswärmer**
Wahre und fantastische
Kurzgeschichten
BoD ISBN 9-783839-13269-2

2009 **Aufs Mäulchen geschaut**
Anekdotensammlung von Kindern für
Erwachsene
BoD ISBN 9-7838391-21337

2010 **Weihnachtliche Wintermärchen**
Fantastische Kurzgeschichten
BoD ISBN 9-783842-30652-3

2011 **Weihnachtliche Seelenschmeichler**
Fantastische Kurzgeschichten
BoD ISBN 9-783844-801804

2012 **Bella – mehr schwarz als weiß**
Roman
BoD ISBN 9-783844-801804

2013 **Weihnachtliche Plaudereien**
Weihnachtliche Kurzgeschichten
BoD ISBN 9-78732-281145

2014 **Bittersüß**
Roman
BoD ISBN 9-783735-770820

2014 **Bold is Wiehnachten**
plattdeutsche Weihnachtsgeschichten
BoD ISBN 9-783738-604139

2015 **Apfelgrün und blutrot**
Roman
BoD ISBN 9-783738-646627

2016 **Haarscharf**
Roman
BoD ISBN 9-783741-291227